天然流指南1
竜神の髭
JN067514
大久保智弘
時代小説
二見時代小説文庫

目次

天然流指南 1——竜神の髭(ひげ)

第一章　天然流道場

一

「こやつ、天然じゃな」

内藤新宿仲町に「天然流」の道場を構える酔狂道人洒楽斎は、思わず膝を叩いて驚嘆した。

他流試合を申し込んできた若い男が、天然流道場の高弟を、ただ一撃で打ち破ったのだ。

羽目板まで追い詰められた門弟は、その一瞬に何が起こったのか分からないまま、呆然と立ち竦んでいた。

試合に用いられた木剣は、数歩離れた床板の上に、からころと音を立てて転がってきた。

激突した瞬間に、弾き飛ばされたのだ。

場内は騒然とした。

門弟たちは総立ちになって、小癪な道場破りを取り囲んだ。

この男を生かして帰すな、と怒号する声も聞こえる。

「静まれ」

師範代が一喝した。

「怪我人を出すのはご法度だぞ」

道場主の洒楽斎は酔眼を顰めて、まだ若い道場破りを凝視している。

年のころは十七、八か。元服したばかりと見えて、剃りたてらしい月代もまだ青々しい。

木剣を八双に構え、摺り足で寄るべきところを、荒々しく踏みたてるような跳躍をする。

見たことのない太刀筋だが、お世辞にも洗練された動きではない。

しかし、若い挑戦者を嘗めてかかった腕自慢の門弟が、道場の隅まで一方的に押しまくられ、ものの見事に一本取られてしまったのだ。

いまだに信じられない。

若者は手の甲で額の汗をぬぐっている。

畑仕事を終えた百姓が、額に流れる汗を拭くときのような、素朴だが凛々しいとは言えない仕草だった。

試合中の体捌きも、決して洗練された動きではない。

道場破りの若者が精悍そうに見えたのは、試合中に木剣を構えていたときだけで、勝負がついた後の間が抜けた挙措動作は、どう見ても垢ぬけのしない田舎侍にすぎなかった。

しかし強いことは強い。

「そう言われてみれば」

師範代の猿川市之丞が頷いた。

こちらは撃剣などとは縁がなさそうな、色白で鼻筋が通った水も滴るようないい男だ。

「見たこともねえ体捌き。いってえ何流を遣うのか、わけの分からねえ若造ですな」

剣術道場の師範代だというのに、この男の言葉遣いは武士のものではない。

「あれは素のままの動きだ。剣術の基本さえ学んだことはないはずだ。型破りと言えば型破りだが、流派だの型だのという考えは、もとからあの若者には無いのであろう」

他流試合を申し込んできたという道場破りに、にわかに興味を持ったらしい洒楽斎を見て、市之丞は得意げな顔をして言った。

「それはようござんした。先生をお呼びした甲斐(かい)があったというものです。剣術道場に殴り込みをかけようなんていう、威勢のいい若者は、近頃はいなくなりましたからな」

「あの若者、名はなんと申したかな」

「上村逸馬(うえむらいつま)と名乗っておりましたが、その他のことは何を訊いても、黙して語ろうとはいたしません。何かわけありの男ではねえでしょうか」

「そうか、上村逸馬か。覚えておいてもよい名だな」

洒楽斎は角張った顎を、前後に突き出すようにして頷いた。

武芸者としては遅咲きで、中年すぎてから「天然流」を開眼したという洒楽斎は、世に埋もれている逸材(いつざい)を、見つけ出す名人とも言われている。

旅芸人だった猿川市之丞も、洒楽斎に見出されて天然流の極意(ごくい)を授けられ、いまは師範代の一人として、この道場を任されている。

「それではあの男、塾頭(じゅくとう)に続くような剣客(けんかく)になれる見込みがありますか」

「さあ、それはまだ分からん。おぬしにも覚えがあろう。天然が自然になるのは、容易なことではないからな」

そのことに気づくまでには、どれほどの歳月を費やしたことか、とお気楽そうにしている酔狂道人洒楽斎は、柄(がら)にもなく屈託(くったく)した表情を見せた。

江戸の繁華街や大川端を、かなり離れた内藤新宿に、洒楽斎が「天然流」の道場を開いてから、まだそれほどの歳月は経っていない。

道場主は初老と言ってよい五十年配の男で、ふざけているのか真面目なのか、酔狂道人洒楽斎と自称しているが、甲州街道(こうしゅうかいどう)沿いに連なる旅籠(はたご)街の路地裏に、十軒長屋をぶち抜いて道場を開いたのは、つい最近のことではあるまいか。

みずから酔狂道人と名乗るこの男は、どこから流れて来たのか来歴も知れず、突っ慳貪(けんどん)でありながら鷹揚(おうよう)で、出来の悪い弟子たちでも、叱り飛ばしたことはなく、愛想がよいのやら悪いのやら、正体不明の怪人物だった。

内藤新宿に道場を開いた当初は、閑古鳥(かんこどり)が鳴くようなありさまだったが、どこからともなく門弟と称する連中が集まってきて、場末の町道場としては、それなりに繁盛(はんじょう)していたらしかった。

それというのも、神田お玉が池（北辰一刀流）や九段下（神道無念流）などに比べて、束脩（授業料）が極端に安く、支払わなくても催促しないからだった。

だから道場経営の内情はいつも火の車だが、道場主の洒楽斎をはじめ、誰一人としてそのことを気にする者はいなかった。

しかも不思議なことに、年末になればいつの間にか帳尻が合って、天然流道場は潰れることもなく今日まで続いている。

そのせいかどうか、酔狂道人洒楽斎の「天然流道場」といえば、このあたりでは知らない者がいない。

そこが場末新宿のありがたいところで、天然流の先生として知られてしまえば、あえて実名や来歴を尋ねたり、氏素性を気にする者たちもいなくなる。

さらに不思議なのは、天然流指南という看板を掲げているが、この道場では何を教えているのか、さっぱり分からないことだった。

朽ちかけた板塀越しに、ときどき撃剣の音が響いてくるから、剣術の道場らしくはあるのだが、そこに出入りしている連中は多種多様で、いかにも裕福そうな商人風の男もいれば、場違いな町娘、得体の知れない流れ者もいて、洒楽斎が住んでいる奥座敷からは、いつも楽し気な笑い声が聞こえてくるという。

　これより先、表玄関脇の道場から、竹刀を打ち合う音と、激しい気合が聞こえてきたが、道場主の洒楽斎は、奥の間に引き籠もってわれ関せず、美女と差し向かいで旨そうな銘酒を飲んでいた。

　酒の相手をしているのは、乱菊と呼ばれる三十前後の女で、どんな素性かは知らないが、洒楽斎とは古くからの親しい仲らしかった。

「まあ、めずらしい。今日は撃剣の音が聞こえますね」

　乱菊はしばらく耳を澄ましていたが、

「いつもとは気合が違うようですよ。お弟子さんたちが相手をしているのは、近頃はあまり聞かなくなった、道場破りの手合いでしょうか」

　竹刀の打ち合う音はしばらく続いたが、不意に聞こえなくなったかと思うと、その後には不気味な静寂がきた。

「はてな」

　と洒楽斎が首をひねったところへ、道場を任せていた師範代の猿川市之丞が、遠慮がちに入ってきた。

「先生、お楽しみのところを、邪魔をして申し訳ねえが」

何か得心しないことでもあるのか、市之丞はしきりに首をひねっている。

「どうしたのだ。そんな顔をしていては、江戸一番の色男が台なしだぞ」

すっかり酔いが回ったらしい師匠は、酒臭い息を吐きながら市之丞をからかった。

たしかに猿川市之丞は、役者のようないい男だが、もちろん江戸一番の色男というのはこの男の口癖で、誰もがそう思っているわけではない。

「つい先ほどのことですが、妙に切羽つまった顔をした、上村逸馬と名乗る若侍が、いきなり他流試合を申し込んで来たのです。こいつは野暮の骨頂。どうやら国元から出てきたばかりの浅黄裏で、まだ江戸の水に慣れねえ未熟者らしい。暇つぶしに田舎者をからかってやろうと、よせばいいのに、まだ入門して日も浅い門弟どもが、軽い気持ちで相手をしたところ、面目ねえことに、ろくに木剣を合わせねえうちに、ただ一撃で叩き伏せられてしまいまして。上村逸馬と名乗ったあの男、どこで習い覚えた剣なのか、さっぱり分からねえ流儀です。この調子では全員がやられてしまいますぜ。わたしは師範代とは名ばかりの飾り物。ここは先生にお出で願わなくては、どうにも始末が付きません」

「困ったやつだな」

酒楽斎は面倒くさそうに苦笑した。

「たいていの相手なら、おぬしの早業で始末が付くはずだが」

「そいつは言わねえ約束です。あれを使っては身の破滅。他人さまには知られたくない奥の手ですから」

市之丞は渋い顔をしたが、ふと思い出したように、

「それにあの若い男、どこか塾頭と似たような匂いがする、と思ったものですから」

洒楽斎の気を引くようなことを付け加えた。

「なに、仙太郎と」

塾頭の津金仙太郎は、客分のような扱いを受けている人物だが、洒楽斎が天然流を開眼する切っ掛けとなった恩人らしい。

「しかと見定めたわけではござんせんが、ひょっとしたら、見込みのありそうな若者かもしれませんぜ」

市之丞にせかされて、面倒くさそうに道場に出てきた洒楽斎が、挑戦者にもう一試合させたところ、日頃から腕自慢をしていた門弟が、手もなく打ち破られてしまったのだ。

二

「このうえは、ぜひとも先生にお手合わせ願いたい」

上村逸馬と名乗る血気にはやる若侍は、洒楽斎に名指しで試合を挑んできた。

「およしなさいよ。先生はお酒を召していらっしゃるんですよ。怪我でもされたらどうなさいます」

いつの間に寄り添っていたのか、奥の間で酒の相手をしていた乱菊が、洒楽斎の耳元に唇を寄せて、師匠をいたわるように囁いた。

乱菊は道場破りの太刀筋を見抜いて、初老を迎えた洒楽斎が、若さに負けるかもしれないと思ったのだろう。

「なんなら、あたしが代わりましょうか」

控えめな声で言ったところを見ると、たおやかに見える乱菊も、剣の腕にはかなり自信があるらしい。

「しかし、そなたが遣うのは、いわゆる剣術とは違った流儀だ。滅多なことで人目にさらすべきものではない」

酒楽斎が軽くたしなめていると、

「大先生に挑むとはいい度胸だ、と言いてえところだが、それじゃあ順番が違うだろう。まず塾頭にお相手を乞い、その後から師範代の教えを受けるのが礼儀ってものだ。大先生に挑むのは十年早いぜ」

師範代の市之丞が助け舟を出した。

得体の知れない若者を相手に、もし道場主が敗れるようなことにでもなれば、せっかく内藤新宿に根を下ろした「天然流」の存続は危うくなる。

しかし天然流には、無謀な道場破りを撃退する切り札があった。

いざとなったら仙太郎を呼べばよい、と思っているので、酒楽斎は昼間から酔っぱらっていることが出来るのだ。

塾頭の津金仙太郎は、剣術の他には関心のない無欲な男で、みずから研鑽して身に着けた天然自然の剣を遣い、どんな腕自慢の武芸者と立ち合っても、一度として後れを取ったことがない男だった。

「あいつは天才だよ」

と道場主の酒楽斎は太鼓判を捺している。

仙太郎は剣の工夫には熱心だが、新入りの門弟たちを教えるのは苦手らしく、ふらりと道場からいなくなって、近在にある寺の境内などを散策している。

陽の移ろいを眺めているのだという。

何を呑気なことを、とそれを聞いた門弟たちは呆れたが、師匠の洒楽斎だけは感心したように、また新たな太刀筋を見せてくれるぞ、と仙太郎の工夫に期待していた。

それから数日して、津金仙太郎は「夕日剣」と名づける秘剣を編み出したようだが、それがどのような太刀筋なのか、まだ披露されたことはない。

好きなことを、好きなときに、好きなようにやる、というのが天然流の稽古法で、もともと備わっている資質を、歪めず撓めず、生のままに伸ばせば、型に嵌まった作法に捉われない、独自な方法を自得できる、というのが、洒楽斎の到達した「天然流」の境地だった。

「わしはまだその境地に達していないが」

境地などと言うのも烏滸がましい、いわゆる「好きこそものの上手なれ」という俚諺と同じなのだが、人は果たして、好きなことを好きなように出来るかどうか。

世のしがらみに縛られて、日々を生きてゆくかぎり不可能に近く、さらに何が好きなのかを知ることは、それ以上に困難なので、もしかしたら備わっていたかもしれない、天然の才能を発揮することが出来ないまま、一生を終えてしまう者がほとんどだという。

　しかし皆無ではない。

　塾頭の津金仙太郎は、たまたま好都合な条件が重なって、本来の資質を歪めず撓めず「天然」を貫いてきた男、と言われている。

　あまり道場に出てこなくとも、津金仙太郎が塾頭と呼ばれているのは、洒楽斎が「天然流」を開眼したいきさつと関わりがあるらしい。

「それでは早速ながら、その塾頭どのと立ち合わせていただきたい」

　上村逸馬は気色ばんだ。

　よく見れば全身が汗まみれで、息も上がっているようだった。

「急ぐことはない。疲れていては試合にならぬ。しばらく休まれよ」

　洒楽斎が笑顔を向けると、上村逸馬は血走った眼で道場内を見廻して、

「塾頭どのはどなたでござるか」

　若さゆえの傲慢が頭をもたげてきたらしい。

　立ち合った門弟たちが弱すぎるので、天然流そのものを、見下すような気持ちになっているのかもしれない。

「生憎いまは席を外しておる。すぐに呼び戻すゆえ、まずは汗を拭われるがよかろ

う」

酒楽斎は鷹揚に言った。

「あたしが探して参りましょうか」

乱菊は気軽に引き受けて席を立った。

その声にホッとしたのか、殺気だっていた門弟たちの表情がゆるんだ。

三

乱菊が街角を通りかかると、男たちは思わず足を止めて、つい見返らずにはいられなくなる。

しかし乱菊の出入りしているところが、内藤新宿仲町の天然流道場と知っているので、後難を恐れて気安く声をかけてくる者はいない。

豊かに結い上げた黒髪に、襟足のすっきりした、しなやかな腰つきの後ろ姿を見送って、そっと溜息をつくのがせいぜいのところだ。

天然流道場と言えば聞こえはいいが、仲町の裏店を一棟そのまま借り切り、十軒長屋をぶち抜いて道場に仕立てた粗末な造りだ。

崩れかけた土壁に羽目板を張り廻らせ、明り取りに武者窓を設けて、剣術道場らしく繕ってはいるが、武家風に造り変えられた表玄関から、一歩でも道場の外に踏み出せば、貧し気な裏店が連なる日傭取りたちの町だった。

仲町の表通りは甲州街道と呼ばれ、旅人たちが行きかう繁華な旅籠街が軒を並べている。

徳川家康が江戸に幕府を開いたころ、このあたりは一面に萱や薄が生い茂る武蔵野の平原だった。

江戸が開闢してから、およそ百年後の元禄十年（一六九七）、利に聡い浅草の豪商が旅人を泊める宿舎を建て、元禄十一年には宿駅らしい街並みが整ったというから、五街道の宿場としては、意外なほど新しい町だった。

遅ればせながら、甲州街道の始発駅となった内藤新宿だが、奢侈を禁じた享保の改革の煽りを受け、風紀を乱す繁華街とみなされて、お取り潰しになったことがある。

そのため甲州街道の始発駅は高井戸に移り、内藤新宿はただの通過点になってしまった。

甲州街道は五街道の一つで、言うまでもなく日本橋を起点にしている。

日本橋から四谷御門を出て高井戸までの距離は遠く、旅人にも住民にも不便ゆえ、倹約令でお取り潰しになった内藤新宿を、ぜひ再興して欲しいという陳情を続けたが、その後も五十数年間というもの、将軍吉宗の定めた先例は改められず、幕府は利便を訴える住民たちの声を聞くことがなかった。

しかし時流の趨勢は争えず、明和九年（一七七二）には幕府から認可が下り、内藤新宿には伝馬五十四を常備し、旅籠屋の飯盛り女という名目で、百五十人の遊女を置くことも許可された。

それからの内藤新宿は、宿駅というよりむしろ色街として繁盛し、吉原の花魁や粋な新橋芸者に手が届かない貧民や、おぼこ好みの数寄者たちが、しきたりの煩わしい吉原遊郭とは気っ風が違い、気安くて面白く遊べる新宿の岡場所に、遠きも厭わず集まって来るようになった。

甲州街道に面した旅籠街は、客引き女たちの嬌声でにぎわっていたが、繁華な街道筋から一歩でも裏道に踏み込めば、いかにも貧し気な裏長屋が、ぎしぎしと窮屈そうに軒を連ねている。

乱菊は迷わず裏道へ向かった。

内藤新宿仲町と言われる界隈は、霞関山太宋寺の門前町で、わざわざ人通りの多い宿場街まで出なくとも、裏店の路地から路地を抜けて、お寺の境内に入ることが出来る。

急ぎ足になった乱菊は、太宋寺の山門を潜って境内に出た。

山門を入った右手には、有名な江戸六地蔵の三番めで、周囲の建物より背の高い金銅製の地蔵菩薩が鎮座している。

「今日もいいお顔をしていらっしゃる」

乱菊は微笑みながら手を合わせた。

きりりと引き締まった口元、はるか遠くを見据えるような、あるいは内面まで見通すような、深く澄みわたった半眼、豊満でいてしかも無駄のない頰の輪郭。

まるで生ける人を見るような、優しくて厳しい菩薩の姿。

地蔵菩薩像のすぐ奥に、朱塗りの閻王殿が建っている。

堂内には江戸一番と評判の巨大な閻魔大王と、水晶の眼玉をぎょろりと剝き出した、恐ろし気な奪衣婆が鎮座していた。

太宋寺の境内は意外と簡素で、泉水もない庭園に白砂が照り返している。

まばゆい光が眼の底まで射貫いた。

その先に黒い人影が見える。

やはりここに、と思って乱菊は微笑んだ。

遠目にも津金仙太郎の姿はすぐに分かった。

勘が当たったことを喜んだのだが、もしあたしの先読みが外れるようなことになったら、乱舞のお菊もお仕舞ね、と前々から覚悟している。

先の先を取ることが武術の極意なら、さらにその先を見抜くのが、乱舞の心得だと乱菊は思っている。

そのことを教えてくれたのは、天然流を創始した洒楽斎だった。

乱菊と猿川市之丞は、いずれも洒楽斎の認可を得た天然流の高弟だが、ひとり津金仙太郎だけは別格だった。

天然流を自然のまま体現しているのが仙太郎だ、と洒楽斎は認可を与えた高弟たちに言っている。

そこまで達するのは奇跡に近いことだ。

しかし仙太郎はそのことを知らぬ、到達とか挫折などということには縁がないからだ。

だからこそあの男は天然なのだ、と洒楽斎はいつも付け加えた。

わずかに陽ざしが陰った。

上空では雲が流れているらしい。

白砂の敷かれた庭内で、津金仙太郎は半眼のまま瞑想（めいそう）しているようだった。

まあこの眼、どこかで見たような気がする。

そうだ、金銅（こんどう）造りのお地蔵さまと同じだわ、あんな眼をして、何を見ようとしているのかしら。

乱菊から仙太郎が見えるのだから、仙太郎にも乱菊の姿が見えているはずなのに、何を考えているのか、内面へ内面へと、意識を集中しているらしい。

いつもはなんの屈託（くったく）もなく、誰にでも愛想のいい仙太郎が、太宋寺の境内に入ってきた乱菊の姿を認めても、挨拶さえ送ってこないのはどうしたことなのだろうか。

こんなときどうすればよいのか、乱菊は心得ている。

幼いころから「先読みのお菊」と呼ばれて、大人たちから気味悪がられていたが、たまたま出会った洒楽斎に、それこそがそなたの天然、まぎれもない特技じゃ、と褒められて、幼いころから習い覚えた乱舞が、武術としても通用することを知ったのだ。

仙太郎は時の流れを消して、解けない問いを考えているらしい。

それならあたしもあたしの時を止めて、仙太郎のように時を感じるほかはない。

まばゆく照り返す白砂を見つめながら、乱菊は瞬時にして思考を止めた。

どれほどの時が過ぎたか。

わずか数瞬なのか、あるいは日影が移ろうほど長かったのか、時を止めてしまった乱菊に分かることではなかった。

ふと気がつくと、すぐ近くに津金仙太郎が立っていた。

先読みのお菊と言われた勘の鋭い乱菊が、仙太郎の接近に気づかなかったはずはない。

「また何か会得したのね」

乱菊は微笑んだ。

気配もなく接近する足さばきを、仙太郎は自得したのかもしれなかった。

「会得などとはとんでもない。わたしが工夫した夕日剣には、どこか欠陥があるように思われて、あらためて陽の移ろうようすを眺めていたのです」

そんなことだろうと思った、と乱菊は笑いたくなる。

「切りのない話ね」

こんな呑気者と付き合ってはいられない。

「あなたを呼びに来たのよ。すぐ道場に戻りなさい」

遠目に乱菊を見たときから、仙太郎は、どうせそんなことだろうと思っていたらしい。

「また道場破りですか。困った人たちですね。あんな手合いは、乱菊さんの凄技で、追い返してやればよいのですよ」

わずかな草鞋銭欲しさに凄んで見せる、食い詰め浪人の臭い芝居だ。

仙太郎はそんな手合いにうんざりしていた。

「あなたを迎えに来たのは、先生では危ない相手と見たからよ」

「そんな奴がいるんですか」

仙太郎は急に興味を持ったようだった。

剣術の話となれば、人が違ったように貪欲になる。

「あなたの工夫している『夕日剣』を、試してみてもいい相手かもしれないわよ」

意味ありげな笑みを浮かべて、乱菊は津金仙太郎を挑発した。

四

津金仙太郎と道場破りの立ち合いは、息を呑んで見守っていた門弟たちが気の毒になるほど、まことに呆気なく終わった。

この場で何が起こったのか、はっきりと見分けた者はいなかったに違いない。

試合用の木剣を構えた道場破りは、蛇に睨まれた蛙のように身動きが取れず、一種の催眠状態に陥っていた。

しかし酔眼を見開いた洒楽斎と、笑みを絶やさない乱菊、師範代の猿川市之丞には、変幻する仙太郎の太刀筋が見えていた。

仙太郎の木剣は、沈みゆく夕日のように揺れている。

あの構えは、ひょっとして「夕日剣」ではないだろうか。

そう思ったのは乱菊一人ではなかったはずだ。

塾頭が編み出したという秘剣を、初めて披露したのではないか、と市之丞も思ったが、それほど凄みのある構えには見えなかった。

揺れていた夕日がいきなり沈む、そう見えた瞬間に勝負は決していた。

仙太郎がそのとき放った一瞬の凄みは、対面した相手にしか分からなかったはずだ。

新入りの門人たちが、それと気づかなかったのも無理はない。

顔面蒼白となった上村逸馬は、素早くその場を飛びのいて、道場の床板にひれ伏した。

「参った。参りました」

いくらか赤みが戻った顔に、何故か嬉し気な笑みを浮かべている。

「これこそそれがしが望んでいた剣でござる。ぜひともこの道場に、入門させていただきたい」

額から脂汗を流しながら、必死の形相をして頼み込んだ。

「来るものは拒まず、去るものは追わねえのがこの道場のしきたりだが、ちょっと解せねえことがある。あんたは草鞋銭稼ぎの道場破りではなかったのかい」

師範代の市之丞が問いただすと、相手はひどく驚いて、

「それがしは、さる藩の俸禄を得ている武士でござる。こともあろうに、道場破りと思われていたとは心外な」

いきり立つ相手をなだめるように、乱菊は口元の笑みを絶やさずに言った。

「上村さまとおっしゃったわね。いきなり道場に押し掛けて、稽古中の門弟たちに立ち合いを挑んだら、たちの悪い道場破りと疑われても仕方がないわ」

それを聞いた上村逸馬は、気の毒になるほど恐縮した。

「それがしは江戸表に上府して、まだ三日目という未熟者、江戸のしきたりも皆目わからず、思わず眼にした天然流指南の看板に狂喜して、無我夢中で道場へ飛び込み、御門人たちに促されるがまま、気がつけば、木剣を握っていたような次第でござる。御無礼の段は、ひらにお許し願いたい」

そうと聞いては怒るに怒れない。

滑稽にも天下の天然流道場が、江戸に慣れない朴訥な田舎侍の勘違いに、右往左往させられていたわけだ。

「なにかと誤解があるようだな」

洒楽斎は苦笑を浮かべた。

「わが道場に参られたのは、そも何ゆえかな」

道場主から直に問われた上村逸馬は、コチコチになるほど畏まって、

「国元の噂では、江戸の剣術道場はいずれも敷居が高く、目録を授けられるまでには年季がかかりすぎる。どの道場でも他流試合を禁じているので、剣名が高い割には実力のほどは測りかねる。しかし、天然流という新来の流派は、多摩の百姓たちに門戸を開いて、実戦向きの剣術を指南している、と聞いておりました」

市之丞は思わず噴き出した。

「そいつは、天然理心流の、聞き違えではねえのかい」

市之丞が口にした天然理心流は、遠江出身の近藤内蔵助という浪人が創始した新流派で、いまは多摩の豪農たちの間を渡り歩いて剣術指南をしているが、まだ江戸府内に道場を持っていない。

しかし道場も持たない天然理心流の名が、上村逸馬の国元まで知れ渡っているとは意外だった。

「天然理心流は剣術だけでなく、居合術、小具足術、小太刀、柔術、棒術、棍棒術（捕り物）なども合わせた古武術の一派らしい。そっちで学んだほうがよくはねえかい」

市之丞はからかうような口調で説明した。

幕末に「新選組局長」として知られた近藤勇も、この時代にはまだ生を受けていない。

天然理心流の試衛館道場など痕跡もなく、創始者の近藤内蔵助は、多摩の百姓たちの家々を渡り歩いて、ゆくえ定まらぬ浮草のような暮らしをしていた。

「江戸の町をいくら捜しても、天然理心流の道場を見つけられなかったのね」

乱菊はすぐに同情した。

「それで天然流の看板を見て、えらく意気込んで飛び込んできたってわけかい」

市之丞は呆れた。

道場に乗り込んできた上村逸馬の顔が、変に引き攣って見えたのはそのためか。

「天然理心流を創始された近藤どのは、戦国の士風を伝えるという流浪の剣客。あるいは日野か調布におられるかもしれぬ。訪ねてみられるか」

酒楽斎がそう言うと、上村逸馬は跳ね返すような勢いで、

「いいえ。それがしは先生の道場に入門したいのです。江戸から遠く離れた国元で、さる藩の禄を食んでいる陪臣の身でござる。日野や調布まで出向くことなど論外です。このたび上府したのは他でもない、雲行きの怪しくなった藩の危急を救うため、負けない剣を身に着けたいのでござる。呑気なことを言っている場合ではない。そのためには」

居ずまいを正した上村逸馬は、改めて津金仙太郎に向き直ると、

「どうあっても塾頭の教えを乞いたいのです」

仙太郎は困惑したように、

「わたしは教えることが上手ではない。それにわたしの剣はわたしの剣。教えるとか教わるとかいうものとは違う」

にべもない返答をものともせず、

「塾頭が使われた太刀さばきこそ、それがしが求めていた不敗の剣でござる。ぜひとも門弟の末席なりと加えていただきたいと、切にお願いつかまつる」

上村逸馬は、かなり思い込みの強い男らしく、こうと決めたら梃子でも動きそうも

ない。

粘り負けした津金仙太郎は、ちらちらと洒楽斎の顔色をうかがいながら、

「わたしは面倒なことは嫌いでね。道場の出入りなら勝手にするがよいでしょう。わたしも勝手にするだけだ。貴殿の剣には独特の粘りがある。ただし、それがどのようなものなのか、まだご自分では気がついておられないようですね。この道場で多くの門弟たちを相手に稽古していれば、それが何であるかも、自ずから分かってくるでしょう」

これで如何でしょうか、と仙太郎が師匠の了解を求めると、

「塾頭の申すとおりじゃ。好きなようにするがよい」

面倒くさそうに言うと、酔狂道人はまだ飲み足りないのか、熱燗徳利が冷めないうちにと、奥座敷に向かって踵を返した。

「まあ、しかたのない先生ね」

苦笑しながら、乱菊もその後を追った。

五

「素性も知れねえ浅黄裏を、ああも簡単に入門させてしまって、ほんとうにいいんですかい」

二人の後から付いてきた師範代が、心配そうに眉根を寄せた。

行方を晦ましていた津金仙太郎が戻ったので、道場のほうは塾頭に任せて、ぬるくなった燗酒のおこぼれにでもありつこうと、さもしい思いに誘われたらしい。

「そんな顔をしては、江戸一番の色男が台なしになるぞ」

酒楽斎はいつものように市之丞をからかった。

「おぬしを師範代に据えたのは、江戸一番の色男から剣術の指南を受けたくて、町娘たちが入門してくるのを期待してのことじゃ。若い娘たちが道場に集まれば、花に誘われて入門を申し込む連中も増えるだろう。そうなれば束脩は思いのまま。傾きかけた道場の屋台骨も、これで安泰というものだ。天然流道場の興亡は、おぬしの双肩に掛かっておるのだ。気を抜いてもらっては困る」

傍らで聞いていた乱菊は、袖の端で口元を隠して笑いをこらえている。

「お気楽な先生には、とうてい分からねえことかもしれませんが、色男ってえのは辛いもんです。門弟の中にはこともあろうに、師範代に男色を迫るような、不埒な男もおりましてね、ほとほと困っているんですよ」

苦情なのか自慢なのか、訳の分からないことを言いながら、市之丞は師匠の許しもなく、勝手に徳利を傾けている。

三人寄れば、いつもこんな調子なのだろう。

「あの人には何か事情がありそうね」

形勢の悪くなった市之丞に、乱菊が助け舟を出した。

「それを調べなくてもいいんですかい」

市之丞が話題を戻して確かめると、

「しばらく放っておくがよい。それぞれが抱えている事情には、よけいな関わりを持たぬのが長生きの秘訣よ」

洒楽斎は磊落に応じたが、市之丞は念を押すように言った。

「なんなら、すぐに調べあげてもいいんですがね」

猿川市之丞の本業は、諸国を渡り歩く旅役者だか、以前は甲賀隠密の下働きをしていたこともあるという。

る。

その気になれば、調べるのはお手の物だし、調べられないための遣り口も心得てい

猿川市之丞の前身は、甲賀三郎と呼ばれていた抜け忍だった。

「その手を遣うのは感心せんな。おぬしが繋がりを持っている旅芸人は、世間から容れられぬ事情があって、裏街道を渡ってきた者たちであろう。抜け忍の抹殺をはかる甲賀隠密が、どこでどう絡んでいるか分からぬではないか。危ないことは避けたほうがよい」

旅役者の正体が抜け忍と知られたら、甲賀隠密の機密を守るために、闇から闇へと葬られてしまう危険があった。

追われる身となった甲賀三郎が、旅役者の猿川市之丞に化けたのは、抜け忍狩りから逃れるために選んだ窮余の一策だった。

白く塗り固めた厚化粧に、派手な隈取りで素顔を隠し、金襴で飾った派手な衣装で舞台に立つのも、隠すよりは顕わすことによって、刺客の目を欺こうという、抜け忍なりの奇策に他ならない。

洒楽斎と出会うまで、抜け忍となった甲賀三郎は、いつ殺されてもおかしくない不安な日々を送っていた。

場末の神社境内で芝居興行をしていたとき、たまたま舞台を見ていた洒楽斎は、主役を張っている旅役者の、寸分の無駄もない立ち居振る舞いに驚嘆した。

「歌舞伎の末流にはめずらしく、古武術にも通ずる鋭い所作じゃ。よくある旅回り芸人の、泥臭い芝居とは思えない。あれは天然じゃな」

傍らにいる乱菊の耳元に囁いた。

あのころの乱菊はまだ若く、ゆくべき道を示してくれた恩人、酔狂道人と名乗る洒楽斎を心から慕っていた。

「同じようなことを、あたしにもおっしゃいましたわね」

師匠と出会ったときの記憶がよみがえった。

先読みのお菊と呼ばれていた小娘は、豪遊する酔客（すいきゃく）たちの座敷に呼ばれて、めずらしい舞いを披露するお座敷芸者だった。

お菊の舞いぶりは、嵐に乱れ飛ぶ花吹雪のような激しさから、乱舞と呼ばれて評判になったが、そのことで芸者仲間から疎（うと）まれ、激しい動きを気味悪がられ、同僚の踊り子たちとの違和に苦しめられていた。

座敷が引けた後の乱菊は、いつも鬱々（うつうつ）として楽しまなかったが、たまたま乱舞を見ていた洒楽斎から声をかけられ、他人と違うことを恐れる必要はない、すべてを受け入れて天然に戻れば、生きてゆくことが楽になる、と教えられたことを思い出したのだ。

先読みのお菊と呼ばれた童女のころから、大人たちに気味悪がられていた乱菊は、乱舞の名手と言われながらも、それゆえに芸者仲間から嫌われ、酔客相手のお座敷では、奈落(ならく)まで沈むような孤独を思い知らされ、先読みは前世からの因業(いんごう)、勘がよすぎるのは天罰ではないかと、救いのない鬱屈(うっくつ)に苦しめられていた。

情理(じょうり)を尽くした洒楽斎の励ましも、初めは疑って頑(かたく)なに拒んでいたが、暗い夜道で暴漢に襲われたとき、習い覚えた乱舞の体捌きが、攻撃にも防御にも役立つことを思い知らされ、あのときから生きることが楽になった、と乱菊はいまも思っている。

相手の動きを先読みして、早め早めに乱舞の所作を繰り出せば、暴漢を撃退することなど難なく出来たのだ。

それこそが天然よ。

思わぬ武勇談を聞いた洒楽斎は、わしの言ったとおりであろうと破顔(はがん)した。

先読みのお菊は、そのときから乱菊と名を改め、武術に繋がる乱舞をさらに極(きわ)めて、洒楽斎から天然流の印可(いんか)を得るまでになったのだ。

「あの男、ひょっとしてものになるかもしれぬ」

市之丞の舞台を見ていた洒楽斎は、久しぶりに芝居を楽しんでいた乱菊に呟いた。

「でも、どこか陰のある男ですよ」

天然流の印可を得た先読みのお菊は、厚化粧の下に隠されている市之丞の恐れを、いち早く見抜いていたらしい。

「恐れがあるからこそ天然が出る。そなたもそうであったではないか」

洒楽斎は低い声で笑った。

「いまは恐れも消えました。先生はあの男の恐れも、取り除いてあげるおつもりですか」

「そうしよう。手を貸してくれるかな」

旅役者の猿川市之丞は、刺客から追われる抜け忍のくせに、乱菊の誘いに手もなく乗って、興行の舞台がはねた後、闇夜の境内で逢う約束をした。

しかし市之丞を待っていたのは屈強な男だった。

「おぬしは天然を極めようとは思わぬか」

唐突にそう切り出されて、旅役者に化けていた甲賀三郎は思わず身構えた。

「いきなり何のことでござんすかい」

「おぬしが舞台で披露した体術は、おそらく天然のものであろう。その技をさらに磨こうとは思わぬか」

一段高い舞台の上で、いま評判の歌舞伎芝居を演じる市之丞は、厚化粧の下から見物人たちを観察していた。

それは観客の中に、刺客がいるかどうかを確かめるためで、もちろん娘盛りの乱菊や、屈強な武芸者らしい酒楽斎の異相も、脳裏にしっかりと刻み込まれている。

この中に怪しい客はいない、と確認して、舞台に専念することが出来たので、純朴そうな小娘の誘いにも安心して乗ったのだが、江戸一番の色男を売り物にしている市之丞は、逢引のつもりで来た闇の中に、異相の武芸者が待っていたのでがっかりしてしまった。

「贔屓筋からのお誘いか、と思って来たのですが」

不貞腐れたように声をかけた。

「そのとおりじゃ。かなりの贔屓筋と思ってくれてよい」

「ですが、わたしは男色とは縁のない役者でして」

当時の歌舞伎役者は、表舞台の裏では男色や女色を売り物にしていた。

「わしもそちらの趣味はない。勘違いされては困る」

何が可笑しいのか、酒楽斎はいきなりゲタゲタと笑い出した。

ほの暗い闇の中から、プンプンと酒の匂いがただよってくる。

すると、酔っぱらいの背後から、すらりとした白い影が浮き出て、

「あなたには恐れているものがあるわね」

舞台が引けたあと、誘いをかけてきた若い女だった。

「この娘は先読みのお菊と呼ばれる霊能者だ。おぬしの舞台を見て、何か感ずるものがあったらしい」

それじゃあ、あんたは邪魔だ、とっとと消えてくれないか、とは言えなかった。

先読みのお菊ほど鋭敏ではないが、追われる身となった甲賀三郎には、病的なほどに研ぎ澄まされた察知能力がある。

敵か味方かを一目で見抜く眼力（がんりき）だ。

抜け忍が生き残るために必要な、不可欠の技能と言ってよい。

刺客への用心を怠（おこた）らない甲賀三郎は、一段高い舞台の上から、観客たちの性情（せいじょう）を見極めていた。

だから洒楽斎や乱菊に、害意（がいい）がないことは分かっている。

「あなたは危なげな思いで毎日を生きているのね。もう終わりにしましょう」

静かに語りかけてくる不思議な娘は、見えない敵に追われる甲賀三郎の恐れを、な

ぜか見通しているように思われた。

「そんなことが出来たら、ぜひとも伺いてえものですな」

せせら笑うような言い方をしたが、この娘が親身になって他人の身を案じていることを、旅役者に成りすましている甲賀の抜け忍は疑わなかった。

「あたしも同じような思いで生きてきましたから、あなたが何を恐れ、何に苦しんでいるのか、痛いほどに分かるような気がするのです」

この娘は何もかも見抜いているのか。

霊能者というのは大袈裟にしても、人知れず苦しんでいる心の奥底まで、感知する能力は人に優れているらしい。

その日その日を生き抜くために、敵か味方かを識別してきた甲賀三郎は、若い娘から優しい声をかけられたことで、殺伐とした思いが雲散霧消して、ずいぶん楽になったような気がした。

甲賀三郎の変化を見抜いた洒楽斎は、間髪を入れず、

「それでよい。これでおぬしの男ぶりも一段と上がったぞ。芝居の看板に書いてあったように、江戸一番の色男と吹聴しても偽りとは申すまい」

そう言うと、なんの屈託もないように、薄暗い闇の中でまたゲタゲタと笑った。

なんだろうこの連中は、心の奥まで覗き込んだようなことを言いやがって、と思ったとき、抜け忍の甲賀三郎は洒楽斎の術中に落ちていた。

六

「ところで、塾頭が遣ったのは夕日剣ですかい」

師範代の市之丞が怪訝そうに問いかけた。

田舎くさい上村逸馬に手もなく打ち込まれ、気落ちしている門弟たちを早めに帰すと、仙太郎はいつものように奥座敷へ顔を出した。

道場の奥座敷では、夕日剣のことが話題になっていたらしい。

「違います」

仙太郎は苦笑した。

「師範代の眼は誤魔化せません。やはり見抜かれていたのですね。まだ完成もしていない秘太刀のことを、うっかり口にしたのは軽率でした。思い付きでひらめいた夕日剣には、どこか欠陥があるのではないかと気になって、まだ実地に遣うのをためらっているのです」

「ゆらゆらと揺れながら沈む夕日か。難しい太刀筋になりそうじゃな」

酒楽斎は残念そうな顔をしたが、すぐに未練がましく言い添えた。

「夕日剣は遣われなかったが、その片鱗は見ることが出来たわけだ」

「どんな剣になるのか楽しみですね」

師匠の言葉に相槌を打ちながら、乱菊は素早く仙太郎へ眼をやって、

「上村さまで試したのね」

悪戯っぽく睨んでみせた。

「試すなんて、とんでもない。先生に呼び返されて、やむなく立ち合ったわけですが、自己流であの域まで達した若者を、修行中に潰してしまうのは気の毒です。だから夕日剣は遣っておりません」

仙太郎は弁解めいた言葉を繰り返した。

この男に嘘はない、と分かっているから、逆にからかってみたくなる。

「塾頭がそこまで言われるとは珍しい」

市之丞が取り持った。

「ところで先生は、上村逸馬という男を、どう見ておられるのです」

酒楽斎はめずしく沈痛な表情を浮かべた。

「先ほども言ったであろう。あれだけ遣える者は滅多におるまい。上村の剣は天然じゃ。しかし、おぬしが身をもって知るように、天然が自然になるのは容易でない」

お気楽に見える洒楽斎でも、思い屈することがあるらしい。

「あの若者は真面目すぎる。何か秘するところがあって、出所も来歴も語ろうとせぬが、思わず口を滑らせた、藩の危急という一言がどうも気になる。国元の不穏な動きが、あの男の天然を妨げることは間違いあるまい。あるいはそのことが、逆に天然を自然とするための切っ掛けになるかもしれぬ。いずれにしても、藩士という縛りがある身では、おのれの天然を伸ばすことは難しいかもしれぬ」

そうなれば悲劇だ、と洒楽斎は言った。

天然の素質を伸ばせなかったことを、生涯にわたって悔やむことになる。

「それで先生は、あえて冷淡にされたのですね」

仙太郎との試合を見届けた師匠が、さっさと奥座敷に引き上げてしまった理由はそれだったのか、と市之丞も納得せざるを得なかった。

情を持ちすぎても天然は曇る、非情な者では天然に至らない、その端境のところで苦しんでいる愛弟子を、黙って見ているだけなのは辛い、と洒楽斎は述懐したことがある。

上村逸馬の天然が、果たして自然となることが出来るのかどうか、先生は悩んでおられるに違いない。

かつて市之丞も同じような思いで、師匠から見守られていたのだ。

期待することも無視することも修行の邪魔になる。

天然流を指南する洒楽斎は、みずからが天然を体得しているわけではなく、天然のままに伸ばせば伸びる才を見出し、天然が自然となるよう導いてやることに、専念してきた男だった。

天然のままに生きている津金仙太郎と出会うことで、洒楽斎は夢想のうちに天然流を開眼したという。

まさに目から鱗（うろこ）が落ちたような瞬間であった、と洒楽斎は語ったことがある。

七

天然流道場の奥座敷は、印可を得た高弟（こうてい）たちの溜まり場で、それぞれ勝手なことを喋り合う娯楽部屋にもなっていた。

天然流の高弟たちが集まれば、何故かお遊びの場になってしまうのだ。

それはこの溜まり場に集まる高弟たちが、無邪気さこそが天然であり、より良く生きることに通じると思っているので、おのれを取り繕うことを忘れて、ここに来れば幼児に帰ろうとするからだった。

たとえば、津金仙太郎は剣術一筋の男だが、実家が甲州でも有数の豪農で、幼いころから好きなことを、好きなようにすることを、許される境遇で育っている。

剣術が好きな子どもだった仙太は、剣の修行と称して庭園の銘木を、伝家の宝刀で斬り倒したり、泥水を跳ね上げながら田野を疾走し、苗を植えたばかりの田圃を、ドロドロになるまで踏み荒らした。

激怒する父親を宥めた母親が、好きなことを咎めても益はありません、この子の好きなようにさせてあげましょうと、本場の剣術を学ぶために江戸遊学を勧めたのだ。

百姓の小せがれで能天気の仙太は、武田家の遺臣だった祖先の姓を継いで、津金仙太郎と名を改めた。

喜び勇んで江戸に出ると、名のある道場を残らず渡り歩いたが、仙太郎は独自の発見を好んで、一定の流派に留まることはなかった。

必要とあらば、裕福な実家から送金してくるので、生活費を稼ぐ苦労を知らず、他人に取り入って出世する必要もなかった。

武士になりたいという欲もなく、ひたすら剣の修行に励んできたのも、好きなことに熱中してきた幼児期の続きを、天然のまま生きてきたからにすぎない。

武士の株を買い取るくらいの金は、実家に頼めばいつでも用意出来たから、前髪を落とすまでは、武士なのか百姓なのか分からない暮らしをしていたが、江戸の生活に慣れるにつれて、剣客らしい品格も自然に備わって、仙太郎の出自（しゅつじ）を問う者もいなくなった。

剣術の腕を買われて、武士以上に武士らしい扱いを受けるようになると、出自など気にしない能天気な性格に一段と磨きがかかって、津金仙太郎という無名の剣客は、知る人ぞ知る名人と言われるまでになった。

しかし他人からどう思われようと、仙太郎には頓着（とんちゃく）するところがない。無邪気なまま歳を重ねて、若くして世俗（せぞく）の悩みから脱却した、仙人のような風格を備えている。

乱菊はどうか。

早世（そうせい）した両親の出自はわからないが、幼いころから深川（ふかがわ）の芸者屋で育てられ、綺麗な容貌（ようぼう）や嫋（たお）やかな姿態から、蔵前（くらまえ）のお大尽（だいじん）たちが豪遊するお座敷で、舞いを披露する踊り子になった。

舞いで鍛えられた体軀は、弾けるバネのように強靱で、優雅な所作はしだいに舞踏の枠を超え、乱舞と呼ばれる激しい動きが評判になった。

しかし、生まれついての俊敏さが仇となって、先読みのお菊と呼ばれ、賢しらだった娘だと大人たちから嫌われてきたので、芸者に出てからも隔絶した思いに苦しみ、いつも鬱々として楽しまなかった。

たまたま乱舞を見た洒楽斎から、天然に生きよと励まされ、そのときから生きることが楽になったと思っている。

さまざまに変容する舞いの所作は、相手の動きを先読みすれば、この上もなく武術に近づき、さらに武術を超えた必殺の技となることを、教えてくれたのも洒楽斎だった。

猿川市之丞は江戸の生まれで、甲賀隠密の下働きをしていたが、七変化が巧みなことから甲賀三郎と呼ばれ、男でも女でも望み次第の変装や、中世から甲賀に伝わる忍びの術にも長けていた。

抜け忍となったのは一種のはずみで、甲賀者の末端となって、退屈な仕事ばかりを押し付けられることに、嫌気がさしてきたからだった。

この時代になれば、幕府の隠密は吉宗が紀州から連れてきた御庭番が主流になって、もはや甲賀者などの出る幕はなかった。

抜け忍となった甲賀三郎は、刺客に追われると思い込んで、旅役者猿川市之丞に化けて諸国を遍歴したが、生粋の江戸っ子気取りを捨てきれず、天然流道場の師範代になってからも、あまり上品とは言えない下町言葉を改めなかった。

抜け忍狩りの不安は杞憂だった。

甲賀隠密には、昔日のような厳しい掟を守る力はなく、幕政の機密からも遠ざけられていたので、用もない抜け忍などを追う気力も人材も乏しかった。

洒楽斎が内藤新宿に天然流道場を構えてから、抜け忍の甲賀三郎は、旅役者に化けた猿川市之丞の名で師範代の一人となったが、たまにはまた旅役者となって、諸国を廻ることもある。

甲賀の抜け忍となった甲賀三郎は、旅役者として顔が売れていて、諸国をめぐる街道筋には、昔ながらの贔屓筋が、猿川市之丞が演じる芝居の舞台を、楽しみに待っていてくれるからだった。

天然流道場の奥座敷には、他にも蔵前の札差尾張屋吉右衛門、平賀源内の弟子筋と称するからくり奇妙斎、売れない浮世絵師の大川柳月など、さまざまな職種にわたる奇人たちが、何が楽しいのか勝手に集まってくる。

　不思議なことに、内藤新宿に剣術道場を構えている洒楽斎の高弟で、間違いなく剣客と言えるのは津金仙太郎だけなのだ。

　このことから酔狂道人洒楽斎が、これまでどのように生きてきたかを、推量することも出来るだろう。

　それぞれが好きな道を究めた者たちで、職種も多岐にわたっている。

　共通して言えるのは、いずれも天然流道場の師範代で、それなりの武術を習得していることだった。

　道場が町家の裏店にあって、門弟たちに町人や百姓が多いのも、師範代が気難しそうな侍ではなく、親しみやすい芸人たちであることも、人気の要因と見てよいだろう。

八

「大先生が気遣われている上村逸馬は、町人や百姓の門弟たちに交じって、ちゃんと稽古に励んでいます。まあ、いまさら稽古することなんざねえでしょうに」

　師範代の市之丞は、あの日から奥座敷に居座ってしまった師匠に報告した。

「めずらしく殊勝（しゅしょう）な心がけの男だな」

酒楽斎は意外そうに言った。

みずからの工夫で天然を磨いてきた男が、それほど律儀（りちぎ）なはずはない。ひょっとしたら見込み違いだったかもしれないな、と思わないでもない。

「いいえ。上村が熱心に通ってくるのは、塾頭に稽古をつけてもらいたいからです。なんせ塾頭は気まぐれで、道場に顔を見せることも、滅多にありゃしませんから」

市之丞は苦笑した。

「なるほど、道場で待ち伏せしていないと、仙太郎をつかまえることが出来ぬからか。塾頭もとんだ男に見込まれたものだな」

酒楽斎もつられて苦笑した。

「それが煩（わずら）わしいのか、塾頭は最近あんまり顔を出してくれません。旅役者上がりの師範代では、門弟たちの抑えも甘くなる。世話を焼くのも大変です。こんな時にどこに行っているのやら。あたしの迷惑も考えねえところなんざ、塾頭はまさに天然の鑑（かがみ）ですがね」

皮肉は酒楽斎にも向けられている。

乱菊はお座敷に出るというので深川に戻り、酒を呑む相手を失った酒楽斎は、以前にも増してぐうたらになったように見える。

蔵前の札差尾張屋吉右衛門は、評判の乱舞がお座敷にかかると聞けば、たぶん毎日のように通い詰めることだろう。

「先生もご一緒に」

と乱菊から誘われたが、洒楽斎はめずらしく同行を断った。

新しく入門した上村逸馬のことが、どこか気にかかっていたからだろう。

逸馬は稀に見る素質を持つ若者だが、あの堅苦しいまでの真面目さが、かえって本来の天然を封じかねない、と洒楽斎は危惧していた。

仙太郎が道場に近づこうとしないのは、言っても聞き分けない逸馬の頑なさを、避けようとしているからに違いない。

逸馬が不敗の剣を学ぼうと望んでも、仙太郎の剣はあくまでも仙太郎の剣であって、学んで習得出来るようなものではない。

仙太郎の天然と重ね合わせることで、逸馬の天然は影が薄くなってしまうのではないかと、洒楽斎は危惧するようになった。

仙太郎が逸馬を避けたのは賢明だった、と洒楽斎は思う。

逸馬のためを思って道場に来ない仙太郎の心も知らず、あの若者はむしろ意地になって、どこまでも追い駆けようとするだろう。

変幻自在に変化する、仙太郎の剣に魅了されるのは危険だ、と洒楽斎は思っている。

仙太郎と知り合ったころ、電光石火の勢いで繰り出される秘剣に惹かれ、不思議な技を習得しようと試みたことがある。

型を真似るだけで秘技は得られない。

これまでに習得してきたものを、ことごとく捨て去らなければ、仙太郎の会得した境地まで達することは出来ない。

どう考えてもそれは不可能なことで、たとえ過去に得たすべてを捨てようとも、なお捨てられない体質だけは残る。

仙太郎が辿ってきた天然の道と、洒楽斎が開眼した天然流では、行きつくところは同じように見えても、これまでに辿ってきた道筋が違うのだ。

学んでも学ぶことの出来ないこの距離は、どれほど努力しても埋めようがない。

「よしましょう」

仙太郎に言われて思いとどまったので、大事には至らなかったが、あのころの洒楽斎は、剣の刃渡りにも似た危険が、ゆく手に待ち構えていることに気づかなかった。

危ないところであった、といまでも思い出すたびに肝を冷やす。

天然に生きてきた津金仙太郎が、秘剣を極めようとして魔剣を得たとは思いたくなかった。
無邪気な遊びに夢中になっている子どものような、世の汚れを知らない剣の遣い手。
天然流を創始した洒楽斎にとって、仙太郎のように生きることが、剣客の理想と言えるかもしれない。

しかしそこには見えない魔が潜んでいる。

偶然に偶然が重なって、仙太郎は仙太郎になったわけで、誰もが仙太郎と同じような条件に恵まれることはあり得ない。

仙太郎を真似ようとする若者が出てくるのは困ったものだ。

上村逸馬という男は、根が天然でありながら、愚劣なほどに真面目すぎる。

仙太郎の天然が仙太郎の天然でしかないように、逸馬の天然は逸馬の天然でしかない。

しかしそのことに気づくのはいつも遅いのだ。

他人を手本にして真似ようとするより、おのれ自身の天然に従うことのほうが先決なのに、模倣しようとして模倣に徹しきれず、中途半端なまま一生を終えてしまうのは残念なことだ。

天性の才を持ちながら、花開くことなく終わる若者が如何に多いことか。

上村逸馬もその一人かもしれない。

考えてみれば惨いことだ。

生真面目な若者の先行きを案じながら、色気も香りもない独酌で、洒楽斎は寂しい独り酒を飲んでいる。

滅多に出会うことのない天然の資質を、本人の無知ゆえに潰してしまいたくはない。

しかし思い込みの激しいあの男に、何を言っても分かることではないだろう。

みずからの力で抜け道を探し出すまでは、どれほど苛立たしく思いながらも、黙って見守ってやるほかはなさそうだった。

九

道場暮らしに慣れてきた上村逸馬が、どうやら落ち着きを取り戻したと思われるころ、またもや道場破りと思われる若侍が、天然流道場に他流試合を申し込んできた。

「めずらしいことは続けて起こるものだ」

師範代の猿川市之丞は、さすがに本業が旅役者だけあって、道場破りの応対にも手慣れてきたが、逸馬に痛めつけられた門弟たちには、悪夢の再来のように思われた。

逸馬のゆく末を案じる洒楽斎は、道場の上座にあたる師範席に座っていた。

「牧野平八郎と申す未熟者でござる。よろしくご指南いただきたい」

慇懃に礼を尽くしたが、牧野平八郎はすぐに鋭い眼で、紺の稽古着を着けた門弟たちを、一人ひとり念入りに見改めている。

上村逸馬を田舎侍と侮って、からかい半分で練習台にした連中は、逆にさんざんな目に遭って懲り懲りし、出来るだけ牧野平八郎と眼を合わせないよう、おどおどしながら首をすくめている。

牧野平八郎の射貫くような視線が、ある一点まで来てぴたりと止まった。

おどおどしている門弟たちの中で、ひとり毅然として上体を起こし、射返すような眼で挑戦者を睨みつけている若者がいる。

入門してまだ日が浅い上村逸馬だった。

牧野平八郎に向けられた逸馬の眼光には、なぜか敵意に近い昂ぶりがある。

どうやら浅からぬ因縁があるらしい、と道場破り騒ぎで呼び出され、酔いがさめてしまった洒楽斎は、冷静な眼で新来者を観察していた。

「誰か牧野氏と立ち合う者はいねえか」

師範代の市之丞が声をかけたが、うかうかと名乗り出る者は誰もいない。

上村逸馬に痛い目に遭ってからまだ日も浅い。

門弟たちは羹（あつもの）に懲りて、触らぬ神に祟（たた）りなし、とだんまりを決め込んでいるのだろう。

「そういうことは、新入りから始めるのが、しきたりというものではないでしょうか」

門弟たちの誰かが、もっともらしい逃げ口上（こうじょう）を使った。

上村逸馬を田舎者と蔑（さげす）んで、無理やり他流試合に持ち込み、袋叩きにしようと目論（もくろ）んだのに、結果はその反対となって、軽く見ていた浅黄裏から、逆に叩き伏せられてしまったのだ。

あのときの恨みを、まだ忘れていない連中の逆襲だろう。

「そうであったな。では上村逸馬、客人のお相手をいたせ」

師範代はホッとしたように、末席に座っている門弟を指名した。

牧野平八郎と名乗るこの男、なかなか堂々としていて腕も立ちそうだ、頼りない門弟どもを、手強（てごわ）そうな男に当て、もし叩きのめされでもしたら、天然流道場の名に傷がつく、と師範代なりの判断をしたに違いない。

上村逸馬は新入りだが、師匠からも塾頭からも、天然の才を認められている逸材だ。よもや敗れることはあるまい、と思って対決させたのだが、木剣を取って向かい合った二人には、びりびりするような殺気が漲っている。

これは危ない、と思って止めようとしたが、勢い込んだ上村と牧野は、すでに激しく打ち合っていた。

見たこともないような、凄まじい試合になった。

同じ型を繰り返し練習する道場稽古と違って、上村逸馬の打ち込みに遠慮はなかった。

対する牧野も、逸馬の一撃を跳ね返し、間髪を入れず、鋭い突きを入れた。

逸馬はわずかに体をひねって切っ先を避け、敵の左手に回り込んで、すれ違いざまに胴を払った。

平八郎の木剣は、逸馬の打ち込みを弾き返して、鎌首をもたげた蛇のように小手を狙う。

それを待っていたかのように、逸馬の木剣は真っ向から斬り下げられ、平八郎の顔面に炸裂した。

これで決まった、と門弟たちは息を呑んだが、平八郎は後方にのけ反って攻撃をかわすと、くるりと反転して体を入れ替え、そのまま一気に踏み込み、素早く逸馬に体を寄せ、下段から掬いあげるようにして、鋭く斬り込んだ逸馬の木剣を、天井を突き抜けるほどに弾き飛ばした。

「そこまで」

師範席にいた洒楽斎が、気合の籠もった声で止めに入った。

「なぜ、止められるのです。まだ勝負が決したわけでは、ありませんぞ」

全身汗まみれになった逸馬が、ゼイゼイと荒い息を吐きながら苦情を入れた。

よく見れば逸馬は勝ち誇ったように、弾き飛ばされたはずの木剣を、これ見よがしに振りかざしている。

跳ね上げられた木剣を、素早く跳躍して宙で受け止め、間髪を入れず、反撃出来る態勢に持ち込んでいたのだ。

「分かっておる。それは取って置きの秘策であろう。わしが止めたのは、勝負あったという意味ではない。それぞれの技量を見極めたから、これ以上は闘っても意味がないと申すのじゃ。二人とも木剣を納めよ」

洒楽斎の判定に納得したのか、荒い息を吐いている逸馬と平八郎は、道場の中央に戻って深々と礼を交わした。

「お願いがございます」

流れ出る汗も拭わず、牧野平八郎は慇懃な態度で、洒楽斎に向かって片膝をついた。

「申してみよ」

一段高い師範席から、平八郎の動きを観察していた洒楽斎には、この男が何を言い出すのか、凡そのことは分かっていた。

「拙者は、未熟な若輩者ではございますが、ぜひにも門弟に加えていただきたいと存じます」

これを聞いて、息を詰めて試合のゆくえを見ていた門弟たちが、箍が外れたように騒ぎ出した。

狭い道場に汗臭い熱気が籠もって、我慢出来ないほど息苦しい。

またかよ、こんな奴らが増えたら敵わんな、と愚痴っぽい呻き声も聞こえてくる。

洒楽斎は門弟たちの反応も汲み取って、

「これはまた急なことじゃ。この道場は御覧のように、門弟は武士だけではない。百姓や町人、それに婦女子も交えた寄り合い所帯じゃ。貴殿のような青雲の志を持つ若い武士が、いまさら剣の修行をするようなところではない。考え直してみたらどうかな」

忠告めいたことを言ってみたが、

「先ほど試合を止められた先生の、機を逃さない的確な判断と高い見識に感服して、拙者はほかならぬ先生から、剣の道を学びたいと思うのです。強いばかりが剣術ではありません。先生のお言葉は奥深く、心の隅々まで響きます。なにとぞ拙者に入門をお許しくださりますよう、たっての願いでございます」

酒楽斎は腕組みをしたまま、黙然として動かない。

門弟たちは、息を呑むようにして、大先生の意向をうかがっている。

不穏なまでの沈黙が続いた。

堪りかねた師範代が口をはさんだ。

「殊勝なお心がけ、まことに感服したでございますよ」

さすがに旅役者らしく、面倒な客を愛想よくあしらうと、市之丞は酒楽斎に向き直って、

「どうです先生。こうまで申される牧野氏の心意気を汲んで、今日から入門、ってえことにしてやっちゃあ如何でしょう」

市之丞は片目をぱちぱちと瞬いて、酒楽斎にそれとなく合図を送ってくる。

先生の口からは言いにくいこともあるでしょうが、ここは師範代に任してもらえね

えですかい、とでも言っているようだった。

あるいは門弟たちを思いやって、危険そうな輩は近づけねえほうがいいですぜ、とたしなめているのかもしれなかった。

意を汲みかねて黙っていると、気の早い市之丞は、師範代の特権を勝手に行使して、

「さあ、どうやら大先生のお許しが出たようだ。牧野氏は玄関脇にある控えの間に参られよ。入門の手続きにはこの師範代が立ち合おう。門弟どもはいつもの稽古を続けるように。剣術の稽古を怠けていては、いつまで経っても席次は上がらねえぞ」

市之丞が脅したように、羽目板を張り廻らした道場の壁には、門弟たちの席次を示す木札が掛けられている。

木札には門弟たちの名前が、筆跡も鮮やかに墨書されているので、天然流道場における門弟たちの序列は、木札の並び順を見れば一目瞭然だった。

木札の位置は固定されたものではない。

席次は毎日入れ替わり、その日の成績によって掛け替えられるので、たとえ塾頭の津金仙太郎といえども、休んでばかりいると席次は落ちてゆく。

いつも筆頭に飾られていた仙太郎の木札も、いまは数段落ちたところで裏返しにされている。

猿川市之丞の序列は木札の筆頭に飾られているが、それが師範代の特権というわけではない。

塾頭の仙太郎が道場に姿を見せないので、ひとり残された師範代は、休むことなく道場に通って、出来の悪い門弟たちを相手に、声を嗄らし、大汗をかきながら、叱咤激励している。

もちろん剣術の腕が序列を決めるのだから、師範代だからといって、毎日の稽古を怠るわけにはいかない。

朝から晩まで休むことなく、門弟たちと一緒に、根を詰め、汗水を垂らして、棒振りの稽古に励んできた見返りと言ってよい。

席次から外されているのは、道場に来なくなった仙太郎だけではない。

いつも二番目か三番目に木札が掛かっていた乱菊も、いまは席次を外された上に木札は裏返しになって、ただ道場に籍を置いているだけ、という酷な扱いを受けている。

乱菊の本業は、深川のお座敷や、寺社の境内に設けられている能舞台で、評判の乱舞を披露する名物芸者なので、不意のお座敷が掛かると、場末にある内藤新宿までは戻れず、長きにわたって興行が続けば、容赦なく席次を削られることになる。

「先生、こいつは少し酷じゃあござんせんか」

木札の序列が筆頭に掛けられたとき、市之丞は洒楽斎に向かって言ったことがある。

「乱菊さんはともかくとして、塾頭の津金先生とわたしでは、月とスッポンほどに腕が違う。木札の序列が塾頭より上になっちゃあ、なんだか居心地が悪くて、たまらねえ気分ですよ」

それを聞いた洒楽斎は、市之丞の言い分のどこが可笑しいのか、いきなり表情を崩すと、大口を開けてゲタゲタと笑った。

「居心地の悪さに耐えるのも修行のうちじゃ。いつでも筆頭の座にいることなど、誰であろうと叶うわけではない。筆頭の席は心地よいぞ。皆にちやほやされる気分のよさは格別じゃ。しかし、いつかは譲り渡さなければならぬ特別な席だ。失った後で悔やんでも遅い。いまのうちによく嚙みしめておくがよいぞ」

十

思い込みが激しい上村逸馬と、口達者の牧野平八郎、この二人が立て続けに入門してから、天然流道場の雰囲気はどことなく変わってしまった。

まだ嘴（くちばし）の黄色い若造に、道場を掻き回されるのは腹立たしい、と怒って出入りしなくなった門弟もいれば、どちらか強いほうに取り入って、傘下に加わろうとする者まで出てくる始末だ。

上村と牧野、いずれも腕が立つことは分かっているから、露骨に胡麻を擂る連中が出てきても不思議ではない。

これまでは当たり前と思っていたが、あの天然流道場の伸びやかさは、どこに消えてしまったのかと、昔を懐かしむ門弟たちも多かった。

稽古が終わって道場を閉めると、酒楽斎と市之丞は、長かった一日の労をいたわり合って、いつものように奥座敷で寛いだ。

お気楽者の市之丞も、どこかに鬱屈を抱えているらしく、いつもと違って酒の味も美味くはない。

「せっかく集まり始めた町娘たちも、びりびりしてきた道場の空気を怖がって、とうとう来なくなってしまいましたぜ。そのせいか、遊び人たちの足も遠退くし、ちょい通いの旦那衆も、敷居を跨ぐのを遠慮しているようです。わずかに残っているのは、近隣に住む百人町の次三男ばかりで、腰の重い多摩の百姓たちも、いずれ逃げ出してしまうでしょう」

一息に盃を呷った師範代は、頭を抱え込んで愚痴をこぼした。

「百姓町人や娘たちでも気軽に通える剣術道場、てえのが売りでしたのに、これじゃあ宿場の町道場はやっていけませんぜ」

　仙太郎や乱菊が道場に顔を見せなくなり、師範代として孤軍奮闘してきた市之丞は、道場の行く先に不安を覚えているようだった。

「そりゃ、もとはと言えばこの市之丞が悪い。出来のよくない門弟どもの遊び相手に、ぽっと出の田舎侍を当てがったのも、綺麗ごとを言う牧野平八郎の口車に乗せられて、先生のお許しも待たず勝手に入門させてしまったのも、思慮の足りねえ師範代が独断でしたことだ。いくら責められようとも、返す言葉はございませんよ」

　今夜の酒は妙に気分を滅入らせる。

「誰もおぬしを責めてなどおらぬ」

　酒楽斎は気の毒そうに苦笑した。

「それよりも、気がついたことはないか」

「上村と牧野のことですか」

「あのふたり、何もかもが正反対に見えながら、どこか似通ったところがある。ことによったら、浅からぬ因縁に繋がれているのではあるまいか」

「そう言われれば、妙な取り合わせだと思っていましたがね」

「入門を望む者は出所来歴を問わず、というのが、わが道場の売りではあるが、あのふたりには、どのような因縁が付きまとっているのか、どうも気に掛かってならぬのだ。わしもいつの間にか歳をとってしまったものとみえる。焼きがまわったのかもしれぬな」

軽い冗談のつもりで言ったのに、市之丞は鳩が豆鉄砲を食らったような顔をして、
「何をおっしゃいます。そんな面白くもない冗談など、二度と聞きたくはありません。先生は先生なんだから、もっと言動に責任をもってくださいよ」

言っているうちに、顔が紅潮して声が荒くなった。

どうやら本気で怒っているらしい。無理もない、と洒楽斎は思う。

すでに御用済みとなった甲賀隠密の、退屈で面白くもない下働きが嫌になって、抜け忍となった甲賀三郎は、そのときから血縁につながる親族（いずれも食うや食わず）を捨て、輝かしい来歴（あくまでも下忍としての）をすべて消し去り、小わっぱのころから習い覚えた変装術で、諸国を廻る旅役者に化け、今日の今日まで生き延びてきたのだ。

刺客を煙に巻くために、舞台衣装で身を飾り、舞台が掛かる盛り場から盛り場へと、ドンチャンガラガラ陽気に騒いで、笛の調べと太鼓の響き、鳴り物入りの興行を、洒

楽斎と出逢うまで続けてきた。

しかしそれは表向きで、刺客に追われる抜け忍は、見えない敵にいつも怯えて、安らぐことはなかったという。

「旅役者に化けたのは上出来だが、どうせ化けるなら芝居ではなく、おぬしに備わっている天然に、化けてみようとは思わぬか」

洒楽斎はそう言って、甲賀三郎の自然が、猿川市之丞の天然に化けるのを、三年にわたって見守ってきた。

世俗との縁を断った甲賀三郎は、近づきすぎず離れるでもなく、ほどよい距離を保ちながら、見守ってくれる洒楽斎を、親以上の親と思っているに違いない。

子は親の老いを許さない。

親に守られてきたぬくぬくとした思いを、いつまでも感じていたいと願うのだ。

たとえ悲惨な生を送ろうとも、そのとき感じた温もりを、忘れることはないという。

洒楽斎が不死身でないかぎり、やがて老いるとは知りながらも、これだけは拒否したいという、妄執(もうしゅう)にも似た強い思いに、市之丞は衝き動かされていたに違いない。

「ところで」

洒楽斎は軽く咳ばらいをして、

「雑駁な場末と言われる内藤新宿に、天然流の看板を掲げて道場を構えたのは、おぬしや乱菊のように天然の才を持ちながら、それゆえに苦しんでいる若者と、出会える場所が欲しかったのじゃ。わしの思惑は剣術の指南とは別にある。門弟の増減などを気に掛けることはない。もし決済が足りなければ、いつものように尾張屋吉右衛門が用立ててくれよう。それでもまだ足りなければ、津金仙太郎がなんとかすると言っている。帳尻はそれで合うのだから、師範代が気にかけることではないのだ」

市之丞は驚いた。

蔵前で札差をしている尾張屋吉右衛門が、この奥座敷に出入りしていることは知っているが、足りない経費を用立てているとは思わなかった。

さらに驚いたことに、貧乏仲間と思っていた津金仙太郎が、尾張屋にも賄い切れない大金を、用立てることが出来るというのも初耳だった。

仙太郎は欲のない男で、いまも裏店の貧乏長屋に住んでいるし、贅沢とは縁のなさそうな、質素な身なりで暮らしている。

安らぎの場だと思っていた奥座敷は、変人奇人の溜まり場だったのだろうか。

「あるところにはあると聞いておりますが、しがねえ旅役者をしていたわたしには、まったく縁のねえ話ですな」

銭金の流れは天然のものではないようだ、と言って洒楽斎は苦笑した。

水の流れこそが天然、と前置きして、

「高きから低きへと流れるのが水であろう。銭金も有るところから無いところへ、自然に流れてゆくべきとは思わぬか。しかし金の流れはその逆で、無いところからはさらに無くなり、有るところへはざくざくと、集まってくる仕組みになっている。銭金は卑怯者たちの群れに似ている。仲間のいないところからは逃げ出し、仲間の多いところには、好んで集まってくるものらしい」

まあ、そんなことはどうでもいいが、と愚痴っぽくなりそうな話を切り上げて、

「わしが天然流を開眼して十年。市之丞や乱菊に、天然の資質を見出してから八年になる。おぬしたちが天然流を会得するまでが五年。これはかなり早い達成であったと思っている。わしは若いころには腰が定まらず、学問の道に踏み迷ったり、剣の道を極めようとして成らず、右往左往すること二十年に及んだ。たまたま津金仙太郎と出逢って、夢想のうちに天然流を開眼するまで、わしが初めて志を立てた若き日から数えれば、およそ三十年という歳月が流れている。おぬしたちはわしの六分の一という短い期間で、永遠に自問自答する禅問答にも似た、単純で難解な天然流を会得したのだ。これは大したものだと誇ってもよい」

酒楽斎はめずらしく市之丞を褒めると、

「わしはそのことを喜んでいる。しかし、世間は狭いようで広い。天然の才を持つ者たちとの出会いは限られている。おぬしたちに印可を与えてから三年を経たが、天然の資質を持つと思われる若者に出逢うことはなかった。それはただ、わしの知る世間が狭かっただけかもしれぬ。隠れた才を持ちながら誰にも知られることなく、枯れてゆく者たちも多いだろう。わしが新興地の内藤新宿に道場を開いたのは、天然の資質を持つ者たちが、もっと気軽に集まれるような、開かれた場を設けたかったからだ」

だから算盤に合わない経営を、平気で続けて来なすったわけか、と市之丞はなんとなく納得したが、小難しいことを言い出した酒楽斎の意図を、十分に理解しているわけではなかった。

「ところが最近になって、天然の資質を持つ若者が入門してきた。それも時を置かず、続けて二人だ。どちらも癖が強い若者なので、師範代が手を焼いていることは承知している。おぬしにはいらぬ苦労を、背負い込ませてしまったが、あの二人から眼を放さないようにして欲しい」

言われなくても分かっていますよ、と市之丞は声には出さぬが思っている。

回りくどくなりがちな酒楽斎の話に、少しばかりうんざりしていた。

「天然が自然となるには困難が伴う。しがらみが多い者ほど、解脱することは難しい。世俗と関わりすぎているからだ。市之丞と乱菊が、早々に天然流を体得できたのは、わしと出逢う以前から、しがらみを打ち捨てていたからだ。天然のままに生きようと、常日頃から思っていても、絡みつくしがらみに縛られてしまう。天然でありたいと望みながらも、途上で頓挫した者たちは、あたかも生ける屍のような、後半生を過ごすことになるだろう。天然を求めようとした者は、もはや後戻りが出来なくなっているからだ。そうなってからでは、帰ってゆくところは何処にもない。過酷と言えばこれ以上に過酷なことはないだろう。天然に至る流儀は、誰にでも伝えるわけにはいかないのだ。しがらみの中で生きることが、苦にならないという者は、天然に生きようなどと、望まないほうが幸せかもしれない」

酒楽斎の語り口も、晩秋の雨のように湿ってきた。

悪い酒なのかもしれない。

「上村逸馬と牧野平八郎。いずれの藩から俸禄を受けているにしろ、風狂に遊ぶわれらと違って、強いしがらみに縛られているに違いない。あたら天賦の才を持ちながら、求めて得られないのは辛かろう。あの二人が天然に達することは、思ったより難しいかもしれぬ」

先生を悩ませているのはそのことか。

上村逸馬と牧野平八郎が入門したことを、先生は喜んでいるのか、それとも悲しんでいるのか、師範代の市之丞にも分からなかった。

「あの連中のとばっちりで、この道場が潰れてしまっても、悔いはねえとおっしゃるんですか」

市之丞が苛々して、つい声を荒げそうになったとき、廊下の襖が音もなく開いて、

「その先は言わないほうがよいでしょう」

しばらく姿を見せなかった津金仙太郎が、口元に笑みを浮かべて立っていた。

「これはこれは、塾頭。ずいぶん久しぶりになりますな。いつ帰ってきたんですかい。それならそうと、早く言ってくださいよ。塾頭が急にいなくなって、一人で道場を切り盛りしていたことへの憤懣を、危うく先生に向けてしまうところでしたよ」

市之丞は嬉しそうな顔をして苦情を言った。

「旅の疲れが重なって、隣の部屋の片隅で、眠気に誘われてウトウトしていましたところ、師範代の大きな声で眼を覚まし、廊下までは出ましたが、聞こえてくる声の響きが深刻そうなので、無遠慮に入ることを遠慮していたのです」

仙太郎はどこで何をしていたのか、ぼうぼうに伸びた蓬髪には、櫛を入れた痕跡も

なく、ところどころ破れている着物には、異臭まで漂っている始末だった。

「どこへ行っていたのだ」

思いついたら迷わず動く仙太郎は、洒楽斎にも行く先を告げていなかった。

いつものことで怒る気もしない。

「夕日剣の足りないところが分かりました。理屈の上で間違ってはいない。ただわたしの動きが鈍っていたのですね。江戸の暮らしに慣れすぎたのでしょう。小わっぱのころ、山野を駆け巡って、おのずから鍛えられた動きが懐かしい。憑かれたような思いで甲州に帰って、寝食を忘れて実家の裏山に立て籠もり、忘れていた体捌きを、鍛えなおしていたのです」

仙太郎は故郷を捨てたと見なされていた。

思ってもいなかった仙太郎の帰郷に、叔父の一家がかなり狼狽えていたことは、洒楽斎や市之丞には黙っていた。

仙太郎が裏山に籠もったのは、叔父に遠慮したから、とは言えなかった。

「父上や母上は、さぞかし喜ばれたことであろう」

道を極めるに急で、妻もなく子供もいない洒楽斎には、そのような喜びが訪れるはずはなかった。

「生まれ育った津金村には、江戸に出てから十数年、一度も帰ったことはありません。この度は父の死を機に、顔を出してみることにしたのです」

酒楽斎は眉をひそめた。

「初めて聞く。愁傷なことであったな。しかし父上が亡くなられた後、母上はどう過ごされておられるのだ」

「ご安心ください。叔父がすべてを管理して、家屋敷ごと面倒を見てくれているので、母はこれまでと同じように、住み慣れた家で暮らしているということです」

しかしその屋敷には、叔父の一家が同居している、とは言えなかった。

「先祖から伝わる家屋敷に住みながら、広大な田地を維持してゆくのは、老いた母上にとって大変なことではないのかね」

酒楽斎はなおも心配してるらしかったが、仙太郎はわざと快活に笑って見せた。

「それは大丈夫です。実家は奥山まで続く杉山や檜山を持っている山林地主です。山仕事に慣れた杣人たちが、檜や杉を育てて伐り出すまで、すべて引き受けてくれますから」

森林地主で蓄えた、あり余る黄金を使って江戸に遊学、言われるままの束脩を収めて、江戸中の剣術道場を渡り歩き、おのれの剣に工夫を加えながら、浮世の苦労を知らない生き方を、誰にも遠慮せず貫くことが出来たのだ。

「塾頭はたしか、津金家の御継嗣ではなかったんですかい」

仙太郎との金銭感覚の違いに、度肝を抜かれた市之丞は、御継嗣などという、使い慣れない言いかたをして、舌を嚙みそうになった。

「わたしは好きなことを好きなようにやらせてもらって来たのです。家や財産を継ごうなどと考えたこともありません。叔父はこれまでどおり、必要な金は入用なだけ送ると言ってくれました。面倒な家産の管理はすべて叔父に任せ、わたしはこれまでどおり、気楽に暮らしてゆくつもりです」

羨ましいような話だが、櫛も入れない蓬髪に、ところどころが擦り切れた、悪臭の漂う着物を見ては、甲州の大地主と聞かされても、にわかに信じることは出来なかった。

「ところで」

と仙太郎は言葉を改め、

「わたしが甲州から急ぎ帰ってきたのは、叔父と話していて、ふとあることに気づいたからです」

それを待っていたかのように洒楽斎が言った。

「上村逸馬と牧野平八郎のことかな」

「そうです。あの者たちの田舎訛り、どこかで聞いたことがあるような気がしていましたが、あれは甲州訛りです。わたしは少年のころ幼くして国を離れ、それからの江戸暮らしですっかり忘れていましたが、叔父と話しているうちに蘇りました。上村逸馬はお国訛りそのままです。牧野平八郎は江戸生まれの江戸育ちで、言葉の端々からは分かりませんが、ちょっとした言い回しに、お国訛りが隠されています。たぶんあの二人は同じ藩の、国元と江戸屋敷に仕える藩士でしょう。考えてみれば、上村逸馬が入門してから日も置かず、牧野平八郎が押し掛けてきたのも不自然です。ふたりとも藩の名は明かしませんが、わざと素知らぬ顔を繕いながら、妙に互いを意識して、殺意のこもった眼で睨み合っていますから、どこかに因縁があるのは確かです」

仙太郎もあの二人を、洒楽斎と同じように見ていたのだ。

「わしの心配も杞憂ではなかった。あの二人は、わしの目が届かないところでは、あたかも仇敵のような眼で睨みあっているらしい。眼を離したら危険だと、先ほども市之丞と話していたばかりだ」

「よくある話です。世に言う「加賀騒動」や「伊達騒動」と、似たようなものかもしれません。上村逸馬と牧野平八郎。道場の安逸を掻き乱しているこの二人は、たぶんお世継ぎをめぐる藩内の争いに、先兵となって送り込まれてきた若者でしょう」

仙太郎の言うことに共感していたのは師範代、すなわち抜け忍の甲賀三郎だった。

「このまま放っておいたら、大変なことになりますぜ」

気の早い市之丞は、もう腰を浮かしている。

「塾頭のお里は、甲州の津金村でござんしたね。似たようなお国訛りを探すなら、街道筋を当たってみるのが手っ取り早い。甲州は幕府の直轄地みてえなところだから、甲州街道を使う大名と言えば、信州の高島藩と高遠藩くれえしかねえはずだ。世継ぎ争いが紛糾すれば、藩政不行き届きということで、取り潰されるかもしれねえのだ。奴らが躍起になっているのは分かるが、仕える藩が廃絶となれば、下級侍の上村逸馬と牧野平八郎は、その日から路頭に迷う。ずる賢い上役からそう脅され、先兵を志願したに決まってる。馬鹿な奴らと言いてえところだが、ここで黙っていちゃあ、江戸っ子の沽券に関わる。案ずるよりは産むが易し。ひとっ走り信州まで行って、ようすを探ってめえりますよ」

旅暮らしに慣れた市之丞には、経営困難を抱えてしまった師範代より、眼と足を使う聞き込みのほうが、よほど性に合っているらしい。

「甲州街道なら片道に五日、往復で十日もあれば、帰って来ることは出来ますせ。聞き込みに要する日数は、五日もあれば大丈夫でしょう。これからゆく先々には、あっしが旅役者をやっていたころの繋ぎもある。地元の急所を押えている親分衆が、知らねえことはありませんから、お上の調べよりも確かです。なあに、半月もしねえうちに帰って来ますよ。それまでは、塾頭、道場のほうはよろしく頼みますぜ。上村逸馬と牧野平八郎から、決して眼を放さねえでくだせえよ。ほんとうにあぶねえ連中ですから」

そう言って気軽に出かけて行った市之丞は、予定の半月を過ぎても帰って来なかった。

第二章　忍び寄る影

一

その夜は月もなく、墨を流したような暗い晩で、上空には薄く雲が懸かっているのか、星の瞬きもまばらだった。

表番衆町(おもてばんしゅうちょう)の通りに入ったところで、女の悲鳴らしきものを聞いたような気がして、洒楽斎はふと足を止めた。

招かれて出向いた宴席の帰り道で、酔いのほてりを醒ますため、夜風にでも吹かれて歩こうと、人通りの絶えた裏小路に、足を踏み入れた直後のことだった。

酒に酔っていたわけではない。

裏番衆町に住む旗本の田村半蔵(たむらはんぞう)から、

「先生の御高見を伺いたい」

と丁重な挨拶を受けて出かけたが、酒楽斎は酒宴の席に連なるつもりなどなかった。

千代田城の警固番を勤め、幕閣とも親しいという田村半蔵に、昨年あたりから北方の蝦夷地に現れ、船舶の薪水や蝦夷熊の毛皮を求めて、交易を迫るオロシア国の異人たちと、どう交渉を進めてゆくべきかと、隠密な相談を受けたのだ。

そのあとは例によって内藤新宿から芸者衆を呼んで、三味線や小唄の声を聴きながら、内輪だけの酒宴となったが、酒楽斎には、初めから気乗りしない酒の席だった。

江戸幕府が開闢されてから三十年後（寛永十年）に、三代将軍家光が鎖国令を出してから、海の外など知る必要はないという風潮に慣れて、天下の大事と言っても、他にも多くの国々があることを知らず、安寧を貪るこの国だけの天下に限られていた。

「しかし」

田村半蔵は莞爾として笑った。

「幕閣の御意向も、これまでとは違ってきておる」

側用人だった田沼意次が老中になってから、すでに六年の歳月が流れている。

「いまの御老中は、享保年間に出された、諸物価引き締めの倹約令とはさま変わりして、むしろ正反対の見地から、殖産興業を勧め、新しい金の流れを作り出そうとされておる」

　番衆として城中の警固を任されている田村半蔵は、幕閣の実力者となった田沼意次から、たまには諮問を受けこともあるのだろうか。

「印旛沼の干拓を、再開しようという計画もその一つだが、金銭の流通を盛んにすれば、景気も良くなるというのが、田沼老中の一貫したお考えだ」

　昨年になってからのことだが、と前置きして、

「オロシア国の船が松前の沖に停泊し、蝦夷地との通商を申し込んできたことに、御老中はかなり御執心あるものと思われる」

　田村半蔵はこの件に対して、どう処理すべきかを考えあぐね、天然流の看板を出している洒楽斎に、意見を求めようと思ったらしかった。

「蝦夷地の開拓とオロシア国との交易は、御老中の他は数人しか知らない秘中の秘で、もしこのことが漏れたら、幕府の安泰も危うくなりかねない火薬庫じゃ」

　この件に関して、先生のご意見を伺いたい、と問われた洒楽斎は、

「オロシア国の蝦夷地介入は、余計なお世話というものです、わが国における貨幣経済の流通は、オロシア国などとの交易なしでも、自力でやってゆけると信じております、異国との通商を始めたら、わが国の慣習は異国の慣習に巻き込まれ、利を求めて

異国のやり方を真似る者たちが出てくるでしょう」

わが国の発展も進歩も、異国の掣肘(せいちゅう)を受けることなく自然であるべきだ、と洒楽斎は考えているらしかった。

洒楽斎の天然流とは、ただ剣術の流派というよりも、人も国も自然の発展が望ましい、と考えているからに違いない。

しかし現実には天然を妨(さまた)げるしがらみが多すぎる、他国の介入などはその最たるものので、余計なお世話と言うほかはない。

「そうなれば金銭における利害だけが、この世を生きてゆく上の指針となり、天然の発達を遂げてきたこの国は、違った方向に舵(かじ)を取られてゆくでしょう」

もしも幕閣の誰それから意見を求められたときは、と洒楽斎は大きな眼でぎょろりと睨むようにして、

「慎重な対応をしていただきたい」

と遠慮することなく言い添えた。

洒楽斎は淡々と、問われるままに答えたのだが、それを聞いているうちに、田村半蔵の顔面は蒼白となり、額には太い青筋が立ってきた。

権勢をふるっている老中田沼意次の意向を、洒楽斎に真っ向から反対されて戸惑っ

たのだろう。

　番衆の田村半蔵は、額から冷たい脂汗を流しながら、

　オロシア国のことは秘中の秘、と口止めするように言った。

「もし事が顕われたら、拙者と先生はよくて切腹、もしくは問答無用で暗殺されるかもしれぬ。ことの賛否は問わず、この機密を他に漏らさぬよう願いたい」

　くどいほど念を押された後で、芸者衆を呼んで音曲を奏でさせ、酒盃を傾けて酒を呑んだところで、酒楽斎の口に合う美味い酒になるはずはなかった。

「今宵は闇が深い。提灯をお貸しいたそう」

　と帰りがけに言われたが、酒楽斎は慇懃な顔をして、

「田村家の紋所を付けた提灯をお借りすれば、それだけで拙者との繋がりを、世間からあれこれと取りざたれることになるはずです。機密も機密とならなくなりますぞ」

　皮肉たっぷりに断って、月明りも無い暗い夜道を、重い足取りで帰ってきたのだ。

　表番衆町は甲州街道と並行している路地だが、旗本が住んでいる武家屋敷が連なり、通りの両側は土壁の塀で塞がれているので、夜になると路上は闇が深くなって、ほとんど一寸先も見えなくなる。

松平出羽守の下屋敷の脇には、旗本たちの射撃訓練に使われる鉄砲場があり、その先は榊原助太夫、内田又五郎、川上栄之進などの旗本屋敷が並んでいる。

武家屋敷は表門を閉ざし、高い塀に遮られて座敷の灯りは洩れず、夜になると足元が暗くて危ないので、表番衆町を通る者は誰もいなくなる。

人通りの絶えた道を挟んで、有馬備前守の下屋敷、投げ込み寺の正覚寺、三途の川の奪衣婆を祭る正受院が並んでいる。

いずれも大きな寺ではないが、奥まった境内には、盛り土も乾かぬ新仏が葬られている墓地がある。

墓石のない土饅頭は、若くして死んだ遊女たちを、菰包みのまま投げ込んだ墓穴で、誰ひとり供養する者もなく眠っている。

投げ込み寺と呼ばれている正覚寺は、夜の闇よりもなお深い、森閑とした闇の底に沈んでいた。

こんな寂しい通りを、夜中に女が出歩くはずはない、あれは空耳ではなかったのか。

洒楽斎はそう思ったが、場所が場所だけに気になって、悲鳴が聞こえてきた闇に向かって足を速めた。

闇はさらに深くなって、路上は黒々として墨よりも暗く、提灯を持たない洒楽斎は、踏み出す足元が定まらず、大急ぎで駆け付けるわけにはいかなかった。

投げ込み寺の門前に、全身黒ずくめの痩せた男が、巨大な蜘蛛のように蹲って、地面に横たわる女の胸元を探っている。

「おのれ。もの取りか」

間に合わない、と思った洒楽斎は、離れたところから一喝した。

女の上に蹲っていた男は、声の聞こえたほうにゆっくりと振り向き、白い歯をむき出してニヤリと笑った。

殺しの現場を見られたことを、恐れているようには見えなかった。

足元の覚束ない洒楽斎が、闇の中を泳ぐようにして駆け付けたときは、巨大な蜘蛛のように見えた男の姿はすでになく、無残にも胸元をあらわにされた若い女が、暗い闇の底に転がされているだけだった。

洒楽斎は素早くあたりを見廻した。

男の気配は消えていた。

枯れ落ち葉を踏んで遠ざかってゆく、ふてぶてしい足音だけが、なぜか洒楽斎の耳朶に残っている。

女は一太刀で絶命したようだった。

一分の狂いもなく、確実に急所を斬り裂かれている。

あの男は殺しに慣れている、と洒楽斎は思った。

そうやって世を渡ってきた哀れな男なのだ。

これほど見事に人を殺せる腕を持つ男なら、おのれの天然に磨きをかけて、それなりの才を発揮することも出来たであろうに。

洒楽斎は武芸者として世を渡ってきたが、いまだに人を殺したことはない。

木剣で試合をするときは、必ず寸止めにして勝負を決している。

真剣で斬り合ったのは数えるほどだが、抜き身の剣を寸止めして、敵の戦意を奪うので、結果からみれば木剣の勝負と変わらない。

真剣勝負を挑まれても、日頃から用意している刃引きの剣を使うので、刃と刃が激しく嚙み合って、凄まじい火花を散らすことはあっても、肉を斬り骨を断つような、凄惨きわまる場面には至らない。

洒楽斎は血を見ることのない試合をしてきた剣客として知られている。

勝負をしても殺し合いはしない、というのが洒楽斎の矜持で、武芸者として世を渡ってきたのに、流された血を見るのは嫌いだった。

女が倒れている地面には、墨汁のような黒い血溜まりが出来ていた。

それは暗い闇が色彩を消すからで、真昼だったら真っ赤な血で、乾いた路面は鮮やかに染められていただろう。

月もない真っ暗な夜道を歩くのに、提灯を持たなかったせいで、もしかしたら助かるかもしれなかった女の命を、救うことが出来なかった。

洒楽斎は死せる女に合掌し、摩訶般若波羅蜜多(まかはんにゃはらみった)、と低い声で経文(きょうもん)を唱えた。

すると不思議なことに、死んだと思われた女が、わずかに身悶(みもだ)えし、弱々しい息を漏らしている。

「おお、息を吹き返されたか」

洒楽斎は、思わず血まみれの女を抱き起こして、胸元の乱れを繕ってやった。

女は薄く眼を開けると、洒楽斎の顔を見上げて、何かを伝えようとして口元をぴくぴく動かしている。

「苦しいか。何を伝えようとするかは知らぬが、無理をして話すことはない」

女は口を動かすだけの力さえ、尽きてしまったようだった。

それでも必死で何かを伝えようとしている。

洒楽斎は女の口元に耳を当てて、わずかに通っている息の流れを読み取ろうとした。

「リュウ、ジン、ノ、ヒゲ」

女は残る力をふり絞るかのように、不可解なことを伝えてきた。

「なに、リュウ、ジン、ノ、ヒゲとな」

洒楽斎が聞き返しても、その声はもう女には伝わらないようだった。

「リュウジンノヒゲ、とはどういうことか。竜神の髭という意味か。これではかえって分からなくなる。おぬしが残したこのことば、どこの誰に伝えればよいのか」

洒楽斎がいくら問い返しても、それに応えるだけの気力が、女には残されていなかった。

洒楽斎の声に安心したのか、女は一瞬だけ眼を開こうとしたが、ピクピクと小刻みに瞼（まぶた）を震わせただけで、そのままぐったりして動かなくなった。

竜神の髭、という不可解な言葉を残して、身元も分からない謎の女は、洒楽斎の腕に抱かれたまま息絶えていた。

二

「どういう意味でしょうかしら」

乱菊も首をひねって考え込んだ。

「わしにはさっぱり見当がつかぬ。市之丞ならば調べようがあろうが。このようなとき、甲賀の流れを汲むあの男がいないのは不便だな」

乱菊は久しぶりに深川のお座敷から帰ってきて、市之丞がいなくなった天然流道場の師範代になっている。

十軒長屋をぶち抜いた、粗末な造りの同じ道場なのに、師範代によってここまで変わるのかと思われるほど、門弟たちの顔ぶれは入れ替わっていた。

江戸一番の色男と自称していた市之丞が、道場の師範代を務めていたころは、ほとんど集まって来なかった町娘たちが、いまは門弟のほとんどを占めるような盛況ぶりだった。

町家の女将(おかみ)さんたちが、年頃になった娘たちに、乱菊のような立ち居振る舞いを見習わせようと、競争のようにして通(かよ)わせたので、天然流の剣術道場は、町娘たちに行儀作法を教えることのほうが多くなった。

師範代となった乱菊の、姿態や挙措動作が優美なのは、幼いころから深川の芸者屋で、舞いの稽古をして鍛えられていたからだが、内藤新宿の町家では、堅苦しい武家娘の作法よりも、女らしく洗練された仕草や表情を、身につけさせたいと願うので、芸者上がりの乱菊に、大事な娘たちの躾(しつけ)を任せたのだ。

武張（ぶば）ったことを好む門弟たちは、しばらく休暇を取りたいと、道場に姿を見せなくなったのに、不思議なことに、お互いが仇敵のようにいがみ合っている、何か因縁のありそうな上村逸馬と牧野平八郎は、頑固にも休むことなく道場に通っている。

それは旅に出た猿川市之丞に、あの連中から眼を離すな、と念を押された津金仙太郎が、めずらしく毎日のように、姿を見せるようになったからだった。

三人の関係は微妙だった。

上村逸馬が道場通いを絶やさないのは、塾頭の仙太郎に稽古をつけてもらい、一日も早く「不敗の剣」を身に着けたいと思っているからで、憧れの塾頭から稽古をつけてもらうのが、嬉しくて仕方がないらしかった。

牧野平八郎が道場を休まないのは、宿敵（しゆくてき）と思われる上村逸馬を見張っているからで、逸馬が道場に出てくるかぎり、平八郎も休まず出てこざるを得ないらしい。

気まぐれ者の仙太郎が、毎日のように顔を見せるのは、もちろん猿川市之丞から師範代役を任され、さらに逸馬と平八郎の監視を頼まれたからだが、仙太郎は近頃になって、少し考え方を変えたようだった。

逸馬と平八郎に稽古をつけていると、あのころ同じ年頃だった自分とこの二人を、重ね合わせていることに気づいたのだ。

生意気盛りの年頃だった、と仙太郎は思う。

腕自慢の剣豪たちに試合を挑み、一度として負けたことがなかったので、もはや天下に恐れるものはないと自負して、これ以上の修行をする気を失ってしまっていたのだ。

そんな仙太郎を変えたのは、酔狂道人と名乗っていた洒楽斎との出会いだった。

もちろん、酔狂道人にしても洒楽斎にしても本名ではなく、ふざけた偽名であることは分かっていたが、どれほど親しくなってからでも、洒楽斎が本名を名乗ることはなかった。

つまり、本名を捨てて洒楽斎になったとき、この男はみずからの過去を、丸ごと捨ててしまったのだ。

そのとき、この男の身に何が起こったのかと思って、背筋が寒くなるような気がしたことを、仙太郎は鮮明に覚えている。

この男が捨てたのは、どのような過去だったのだろうか、とまだ若かった仙太郎は思い迷った。

好きな剣術のことしか頭になかった仙太郎が、他人の過去などに思いを馳せるようなことは、いままで一度としてなかったと言ってよい。

剣術の稽古に熱中して、他を顧みることがなかった仙太郎が、もうこれ以上の修行は必要ないのではないか、と思い始めていたとき、そうだ、おれに足りなかったのはこれだったのだ、と思ったのは、洒楽斎の来歴が気になってしまったからだ。

捨てるほどの過去がおれにはあったのか。

すべてを思いのままにやってきたし、そのことによって何ひとつとして障害は起こらなかった。

初めからお膳立てが整っていた道を歩んで来たのではない。

ただ好きなことを好きなようにやってきたのに、そのすべてが、なんの抵抗もなく受け入れられていただけのことだ。

これは大いなる欠落なのではないのか、と仙太郎は生まれて初めて思い悩んだ。

まだ十七、八歳の、上村逸馬や牧野平八郎と、同じような年頃のことだった。

驚いたことに、洒楽斎と名乗る男は、どんなことでも出来た。

話の中で『四書五経』や『春秋』『戦国』『史記』などを、自在に引用するところを見れば、武辺一辺倒の人ではなく、漢籍などにも詳しいらしかった。

ほどよく乾いた木片を拾って来て何を削ってるのだろうかと気になって、しばらくぶりに作業場を覗くと、精巧に刻まれた地蔵菩薩が仕上がっていた。

筆を持たせると流麗な文字を書いたし、懐紙を広げて何を描いているのかと思えば、いま見ている風景を、そのまま写した水墨画になっている。

折り畳んだ懐紙に、即興の歌を詠むこともあったが、それが上手いのか下手なのか、素養のない仙太郎には分からなかった。

そういえば、手作りの鞴を使って、手作りらしい鉄の槌で冶金に挑み、刀剣とまではいかなくとも、小柄くらいは打ち出していた。

なんでも良くこなしたが、どれもちょっと器用な素人芸で、一流の域にまでは達していなかった。

気ままな若者だった仙太郎が、このような些事まで憶えているのは、一緒に剣の修行をしてみないかと洒楽斎から誘われ、山籠もりした経験があるからだった。

山中の修行は一年に及んだ。

すなわち春夏秋冬の四季を、人跡未踏の山中で過ごしたことになる。

山籠もりを修行と言うなら、仙太郎も小わっぱのころからしたことがある。

しかしそれは家出同然に、気が向いたとき家を飛び出し、津金屋敷と呼ばれる実家の裏山を駆け登って、思いのままに山野を駆け回って足腰を鍛え、野生の獣を追って遊びまわっていただけで、山に飽きれば家に帰って好きなものを好きなだけ食い、なんの痛痒も感じなかったから、それを修行とか稽古などと呼ぶことは憚られる。

そうして遊び半分に駆けまわったことが、結果として強靱な体軀を作り、期せずして剣術修行になっていたことは確かで、名のある剣術遣いに勝負を挑んでも、一度として後れを取ったことがないという実績に繋がったのだ。

しかし洒楽斎と共にした山籠もりは、そのような生半可なものではなかった。

まず食べ物を手に入れなければならない。

春には柔らかい若葉を摘み、秋は木の実を採り、草の根を掘って球根や芋を選り分け、草の実を天日に干して石臼で摺り、よく練ってから団子を作り、程よく焼き締めて保存しなければならない。

夏は木も草もよく茂る。

しかし草木は芯が固くなっているので、細かく切り刻んで、満遍なく石斧で叩き潰し、それを天日に干してから、丁寧に石臼で搗かなければ、直に食べては腹をこわす。

秋の味覚はなんと言っても茸で、何種類もある中から食べられる茸を選別し、これも天日で乾かして保存される。

もし間違って毒キノコを食えば、腹痛に苦しんだり吐き気に襲われる。

中には笑い茸と言って、食べたら腹が痙攣して笑いが止まらず、死ぬまで笑い続けると言われる毒キノコがある。

食うものも食われるものも、命がけの興亡を繰り返しているらしい。

たかが茸といえども、外敵から身を守る術は心得ているのだ。

秋の食料が豊富なのは冬籠もりのためで、ひと冬を過ごすにはどれだけの干物が必要か、洒楽斎はよく心得ているらしかった。

「必要以上の食い物を取ってはならぬ」

と洒楽斎は仙太郎に言った。

「この冬を生き抜くために食べ物を蓄えるのは、われらばかりではないのだ」

熊は冬眠するための準備を始め、秋になると恐ろしいほど貪欲に食べ、春まで冬眠するための養分を体内に蓄える。

「食足らずして冬眠出来ず、雪の中をさまよう熊は哀れだが、飢えた熊は凶暴になる。熊たちの分まで食べてしまったら、食に飢えた凶暴な熊に、食い殺されたとて文句は言えぬ」

草木とも獣たちとも共存して、しかもそれらを体内に摂取して生き延びてゆく。

山籠もりの修行とは、そのことを知り、人もまた生あるものの一部にすぎぬと自覚して、ぎりぎりの条件の中で生き抜く術を学ぶことだと、仙太郎は洒楽斎という野人から教えられたと思っている。

それ以来、仙太郎は小天狗(こてんぐ)と呼ばれていたころの傲慢さを捨て、剣術の修行に専念することが出来るようになった。

あらかじめ決められていたことを学ぶより、新たに創ることの喜びを見出したからだ。

これは際限のない試みと言うことが出来よう。

学ぶことによって免許皆伝という目的に達することは出来るが、創り出すことには到達点がないからだ。

仙太郎は新しい剣技を工夫する喜びを知ることは出来たが、そうなってしまえば、高名な武芸者との立ち合いには興味がなくなっていた。

そのため剣客としての知名度は下がり、いまでは知られざる名人として、一部の者に記憶されるだけの無名剣士になってしまった。

しかし仙太郎が本腰を入れて、剣の道に入ったのはそれからのことで、世に知られざる奇人であった洒楽斎を師と仰ぎ、知られざる剣の工夫に専念することを、好きなときに好きなように出来るようになったのだ。

それにしても、これは奇妙な師弟関係で、剣の実力では仙太郎が、師と仰ぐ洒楽斎をはるかに凌駕(りょうが)していた。

　山籠もりの修行に出たのだから、もちろん仙太郎と洒楽斎は毎日のように木剣を振るって、剣術の稽古を欠かさない。

　ところが、木太刀を取って試合をしてみると、学問があり、諸芸に通じ、山中で生き抜く術を心得ている洒楽斎は、武芸者として世を渡って来たにもかかわらず、剣の腕は仙太郎に遠く及ばないのだ。

　仙太郎には、これが不思議でならなかった。

　洒楽斎と出逢ってからの仙太郎は、小天狗と呼ばれていたころの謂(い)われなき傲慢さを捨て去って、謙虚に物事を見る眼も育っていた。

「先生のようになんでも出来るお人が、どうして剣術だけが弱いのですか」

　あるとき冗談に訊いてみたことがある。

「それは仙太郎が強すぎるからで、わしが弱いわけではない」

　洒楽斎も笑いながら、負け惜しみじみた冗談を返して来たが、

「その差は歴然としている」

　と言って仙太郎の逞(たくま)しい体軀をまじまじと見た。

「わしは辛苦(しんく)して、武芸者らしい体軀を作ってきたが、仙太郎は天然自然のまま、剣

術遣いにふさわしい体軀を得ている」

「それはどういうことでしょうか」

「仙太郎は天然のままでいまの仙太郎になった。わしはあれこれと紆余曲折を経て、ようやくいまのわしになったのだ。いわば効率のよさと悪さの違いで、仙太郎の剣技は、わしよりも遥かに高いところまで達している。これは当然なことではないかな」

つまり、仙太郎と洒楽斎の持てる能力が同じだとしたら、一芸に特化した仙太郎に比べ、あれこれと手を出して、持てる力を分散してしまった洒楽斎は、いずれの道でも中途半端にならざるを得なかったということだ。

「しかし仙太郎のように、天然自然のままに生きるのは至難の業だ。多くの幸運と偶然が重なって、仙太郎を天然のままに育ててきたと言ってよい。そのような僥倖は誰もが許されているわけではない。わしは若き日に立志して学問藝術に遊んだが、諸芸に通暁しているわけではなく、剣の道を志しても一流の武芸者には成れなかった。しかし芸道（武芸も芸の一つ）に踏み込んだ者は業が深い。この歳になっても諦め切れず、未練にも剣の修行を続けてきたが、独自な流儀を開くことは出来なかった。それで最後の試みとして、山籠もりの修行を思い立ったのだが、この一年というもの、常住坐臥、仙太郎を見ていて悟るところがあった。これを仮に天然流とでも名づけようか」

酒楽斎が唱える天然流とは、天然自然のまま人となった津金仙太郎と一緒に、山籠もりをしていたとき、夢想のうちに開眼していた流儀だという。

春夏秋冬にわたる山籠もりで、酒楽斎は体力も気力も尽き、眠れぬままに座禅を組んで、過去来世を顧(かえり)みていたが、ふと陥った浅い眠りから醒めたとき、瞬時にして自得していた境地だったのだ。

内藤新宿に開いたのは剣術道場だが、天然流がめざしている究極の形は、決して暴力装置としての剣術ではない。

酒楽斎と春夏秋冬を共に過ごした津金仙太郎は、天然流開眼に立ち合った唯一の人物ということになる。

しかし仙太郎にはその自覚がなかった。

とりあえずこの道場の厄介者(やっかいもの)である、上村逸馬と牧野平八郎をどうするか。

小天狗と言われていい気になり、もう何も学ぶ必要はない、と思っていたとき、師と仰ぐ酒楽斎に出会ったように、仙太郎も彼らの思い上がりを叩き潰してやるべきか。

しかし仙太郎は、酒楽斎から剣によって叩き伏せられたわけではない。

山籠もり中の稽古では、毎日のように酒楽斎と立ち合ったが、酒楽斎の剣は凡庸(ぼんよう)で、脅威を感じるほどの太刀筋など見たことはなかった。

しかし洒楽斎と春夏秋冬を過ごしたことで、仙太郎の生き方はこれまでとは違った軌道をめぐることになった。

あれはなんだったのだろうか、と仙太郎はいまになって考えてみる。

それはたぶん、洒楽斎の封印された生涯に対する、恐れともいうべき思いだろう。

好きなことを好きなようにやってきた仙太郎に、もし欠けているものがあるとしたら、しゃらくさい、と世間から距離をとって、何かを睥睨しているような洒楽斎の、影の部分が醸し出してくる気迫だろう。

わたしにはそれがない、と今更ながら気がついて、仙太郎はあらためて愕然とした。

若さの傲慢にどう対処すべきなのか、と愚にもつかないことに思い悩んで、これまでは勝手気ままに生きてきたはずの仙太郎が、めずらしいことに落ち込んでいる。

「こちらにいらっしゃいよ」

仙太郎のようすを見ていた乱菊が、町娘たちのお茶会に誘った。

茶道などという格式張ったものではなく、町家の店先で出す気軽な煎茶だが、お菓子を食べるときの仕草、お茶を出すときの頃合い、茶を淹れる湯の加減などには、接待する側の気配りがさり気なく出るから、町家の娘たちにとっては大事な躾になる。

「ほほう。今日の茶菓子は練り羊羹ですか」

仙太郎の表情がいきなり明るくなった。

「京都の一条にある虎屋から、取り寄せた羊羹なら嬉しいんですが。これは江戸仕込みの羊羹です。おひとつ如何ですか。なめらかな煎茶の渋味とよく合いますよ」

乱菊さんに代わってから、道場が流行るようになった原因はこれか、と仙太郎は変なところで納得せざるを得なかった。

竹刀で頭を叩かれるより、甘い羊羹で優雅にお茶を飲むほうが、誰だって楽しいに決まっている。これじゃ、人気が出るはずだ。

よく練られた羊羹の一切れを、仙太郎は貴重品のようにして嚙みしめている。

三

殺された女の身元は分からなかった。

酒楽斎はその夜のうちに番所に届け出て、町方の調べにも立ち合ったが、下手人が何の目的で女を殺したのか、皆目見当が付かないという。

投げ込み寺の門前で起こった女殺し、ということで随分と騒がれたが、女は武家風の若い娘で、かなりの美形であったともいう。

あちこちから聞こえてくる野次馬たちの噂には、見て来たような嘘が混じっているかもしれない。

あの暗い晩に、洒楽斎に見えたのは、黒く沈んだ血の流れだけで、月のない夜は闇が深くて、女の容貌までは分からなかった。

町方の調べでは、女の胸元は乱されていたが、下半身に乱暴された痕跡はなく、財布には十五両という大金が残されていたので、物取りの仕業とも思えなかった。

「傷口は一か所だけ。心の臓をただ一突きで刺し殺しているから、殺しに慣れた手練の仕業ですな」

遺体を検分した同心が言った。

「初めての殺しではないとしたら、これまでに同じような事件があったはずだが、奉行所の帳簿を調べてみても、それらしい殺しはありません。ひょっとすると迷宮入りですな」

杉崎と名乗った百人町の同心は、洒楽斎のどこを気に入ったのか、内藤新宿の宿場街を見廻るついでに、天然流道場へ立ち寄るようになった。

「ずいぶん迷惑な話ね。もともとこの道場は、脛に傷持つ人たちの溜まり場ですから、お役人に立ち寄られては、困ることが出てきますよ」

天然流道場の師範代になった乱菊は、迷惑そうに眉をひそめた。

「市之丞が師範代をしていたころならともかく、いまはお茶やお花など、町娘たちに行儀作法を教えている平穏で安全な道場だ。奉行所の眼を憚るようなものは何もない。かえってお上の信用を得ることになるかもしれぬ」

酒楽斎は笑って取り合わなかった。

女の死を番所に届け出たとき、たまたま居合わせたのが杉崎という同心で、断末魔の女を抱き起こして、血まみれになっていた酒楽斎は、下手人かと疑われて帯刀を検められた。

大刀は簡単に抜けないよう、紙縒りで封印されている。

刀身は磨き上げられて疵一つなく、一点の血曇りもないばかりか、刃引きまでしてあるので、杉崎はすっかり感服してしまった。

「われら同心の刀剣は、刃引きしてあるのを御存じか。下手人を斬り殺さないよう、切れない剣を帯びて捕り物に向かうのだ。ご自身の刀剣に、われらと同じ処置を施しておられるとは殊勝なこと。まことに感じ入ったる心得でござる。感服いたした」

すると町番所の爺さんが、

「すぐそこで剣術道場を開いている先生ですよ」

と自慢げに教えてくれた。

「先生ですか。これは恐れ入ります。刃引きした刀剣で凶悪犯と斬り合うのが、じつは怖くて仕方がないのです。もう少し剣術が達者ならよかったんですが」

機会があれば、基礎から学び直したいものです、そのときには御助力願いたい、と同心は急に態度を改めて、犯人の目星が付き次第、お知らせに上がりますと約束した。


「先生は気づいておられましたか」

めずらしく仙太郎が相談顔をして言った。

「あの二人、また何か面倒でも起こしたのか」

「いいえ、面倒を超えて、このままでは危険かと思われます。お互いに相手を見る眼に殺意が籠もっているのです」

「いつからそうなったのだ」

「たぶん、先生が遅く帰られた晩の、翌日あたりからでしょう。上村逸馬が顔面蒼白になって、仇敵でも狙うようにして牧野平八郎を睨みつけ、無我夢中で腰の刀に手をかけたのです。たまたま見かけたわたしが、手刀で払い落として事なきを得ました。

一歩でも遅れたら、危うく道場の床が血で汚されるところでした」

「上村逸馬はどうしておる」

「謹慎しております。道場の壁に向かって、座禅を組ませておきました」

「牧野平八郎はどうした」

「これも反対側の壁に向かって、座禅させております」

「二人とも道場内におるのだな」

「心配はありません。道場の真ん中では、乱菊さんが女弟子たちに華道を教えていますから、さすがに上村と牧野も、静寂を乱すようなことは慎むでしょう」

いざとなったら、乱菊が狼藉者(ろうぜきもの)を取り押さえてくれるだろう、と思って洒楽斎はやっと胸を撫で下ろした。

「そうなった理由は訊いたのか」

「どちらも頑(がん)として口を割りません。上村などは声もなく、俯いて涙を流しているだけです」

あの頑固者が泣いているのか、と思って洒楽斎は衝撃を受けた。

仮にも元服した武士たる者が、人前で涙を見せるとは、余程のことに違いない。

「わしが直に問い糺(ただ)してみよう。気が落ち着いた者から、この奥座敷に寄こしてくれ。

頑固で偏屈なあの二人が、素直に答えるとは思えんが、訊かぬよりも訊いたほうが、あの連中の気が収まることがあるかもしれぬ」

そう言って津金仙太郎を返してから、すでに半刻を過ぎたが、逸馬も平八郎も、いまだに奥座敷に姿を現さない。

道場から撃剣の響きが消えて久しいが、それに代わって、花を活ける娘たちの華やかな気配が伝わってきて、これこそ洒楽斎が望んでいた天然ではないか、と思わせたが、その中で、凝り性の仙太郎から特訓を受けている逸馬と平八郎は、かえって辛い思いをしているのかもしれなかった。

四

洒楽斎は書見をしていた。

書見台に向かって端座していると、時の流れを忘れてしまうことがしばしばある。

それは今の時を忘れるだけではなく、自分自身の存在を忘れて、悠久の時に向かい合っているような錯覚に陥ることであった。

洒楽斎がまだ上村逸馬ほどの年頃、いやそれよりも遥かに若いころだったと思うが、あのときも今と同じように、こうして書見台に向かって漢籍を読んでいた。

あのころに覚えた章句は、いまでもはっきりと憶えている。

「子曰わく、知者は惑わず、仁者は憂えず、勇者は惧れず」

洒楽斎は智者になろうと思い、仁者になりたいと志し、勇者になりたいと望んでいた。それから三十数年の歳月が過ぎたはずだが、その境地にはいまだに届き得ないいま、いたずらに歳ばかりを重ねている。

知者になろうとして迷い、仁者になろうとして憂え、勇者になろうとして成れず、いまだに何ごとかを恐れている。

しかし、じつはそうではなく、いまもあのころのまま、書見台の前で、知者になろうと望み、仁者になりたいと思い、勇者になろうと志しているのではないだろうか。

これまでに重ねてきたはずの歳月は、いま書見台の前に座っている自分が、一瞬に見た夢であって、積み重ねてきたはずの経験も、蓄えられたはずの知識も、ただの幻影に過ぎないのかもしれない。

そんな感慨にふけっていた洒楽斎は、落ち着き払った津金仙太郎の声で、一瞬にして現実に引き戻された。

「先生。牧野平八郎を連れて参りました。どうにか落ち着きを取り戻したようです」

仙太郎の背後には、気落ちしたような顔をした平八郎が、ちんまりと畏まって畳の端に座っている。

酒楽斎は書見台を離れ、床の間を背にして座りなおした。

床の間と言っても、形ばかりの狭い空間だが、荒土を塗り固めた壁には、親子猿を描いた掛け軸が飾られている。

体毛が極細の筆で一本一本描かれ、柔らかい真綿のように見える丁寧な描法だが、ふんわりとした毛並みに比べると、親猿の顔は異様なほど強烈で、子猿を抱いている手足の指も、岩を割る鶴嘴のように逞しい。

この親子猿を描いた若い絵師と、まだ放浪を続けていたころの酒楽斎は、逗留先の大坂で知り合って、なぜかすぐに意気投合した。

酒楽斎はわが眼で観察した主観的な風景を、あえて描法を抑えた水墨画で描いてきた。

猿は恐ろしくなるほど人に近い、その動き、表情、仕草、いくら見ていても飽きない、猿の実相を筆の力でとらえたい、と如寒斎と名乗った若い絵師は、酒楽斎と安酒を飲み交わしながら熱を込めて語った。

まだ無名だった若い絵師は、素人絵描きの洒楽斎とも、どこか相通ずるものがあると思って、人嫌いで愛想の悪い絵師にはめずらしく、絵心を知っているらしい旅の武芸者に、親近感を覚えたらしかった。

如寒斎（後の森狙仙）と名乗る若い絵師は、山中に籠もって野生の猿を描きたいと望んでいた。（如寒斎は後に山中で猿の群れと共に暮らし、猿の狙仙と呼ばれて有名になる）

この絵師もわが同類、このまま天然の才を伸ばすだろう、と思うと嬉しくなり、洒楽斎は残り少なくなっていた路銀をはたいて、その場で親子猿の絵を買い取り、道中も手放すことなく持ち回っていたが、内藤新宿に落ち着いてからは、漢籍が積み上げられている奥座敷の床の間に飾ってある。

「それでは、わたしはこれで」

拗ねてしまった門弟を、無念無想で書見していた師匠にあずけると、仙太郎はホッとしたように道場へ戻った。

いつになく緊張している牧野平八郎は、大先生の書斎を兼ねた奥座敷に取り残され、不貞腐れた顔をさらに固くしたようだった。

「そう堅苦しくしなくともよかろう。楽にするがよい」

酒楽斎は口元に笑みを浮かべ、新入りの門弟に膝を崩すよう勧めた。

しかし、大先生の叱責を覚悟している平八郎は、膝をそろえて正座したまま、頑なに口を開こうとしなかった。

「なるほど、そうやって塾頭の前でも、無言を貫き通していたわけか。ある意味では見上げた根性と言えなくもないが、何が不満でそのように肩肘を張っておるのだ」

道場の固い床で、長いこと正座していたらしく、平八郎の痺れた膝が小刻みにふるえているのを、酒楽斎は見逃さなかった。

「長いこと姿勢を崩さぬのは辛かろう。それ以上に痺れたら、咄嗟に立つことが出来なくなるぞ。そのとき敵に襲われたらどうするのだ。武道不心得だけでは済まされぬぞ」

ハッとしたように、平八郎はわずかに腰を浮かした。

しかし立つことも座ることも出来ず、色褪せた古畳に右手を突いて、あやういところで転倒を免れた。

酒楽斎はすかさず、斬りかけるような声を放って、

「右手を塞がれては刀が遣えまい。敵に襲われたら膾にされるぞ」

動けなくなった平八郎に一撃を加えると、わざとらしく哄笑した。

「いかに先生であろうとも」

平八郎は思わず叫んだ。

「武士たる者を、笑いものにすることは許されませぬぞ」

怒りと屈辱のあまり、顔面を朱に染めている。

「武士の心得が足らぬ、と申しておるのだ。刀も遣えず、足腰も立たぬようでは、いくら力んだところで、武士らしい振る舞いなど出来まい」

もう我慢の限界、と覚悟したのか、平八郎は両足を投げ出して、痺れた脚を揉みほぐしている。

酒楽斎は穏やかな声に戻って、

「ようやく話す気になったようだな。おぬしたちが、かねてから憎みあっていることを知らぬではない。どのような因縁かと、いまは無理に聞こうとは思わぬ。しかし、たとえどのような理由があろうとも、道場で刀を抜くことは許さぬ、と入門を許した時に言ったはずだ。斬り合いになろうとしたのは何ゆえか。これだけは正直に答えてもらおう」

平八郎は伏せていた顔を上げて、

「破門ですか」

不安そうな声で問いただした。

「そのようなことを考えてはおらぬ。理非を正そうとも思わぬ。斬り合いをするほどの憎しみは許さぬ、と言っておるのだ」

平八郎は真顔になって、

「逸馬がなぜ刀に手をかけたのか、拙者にはわかりません。わけもなく斬ろうとするのは、理不尽であると思うだけです」

酒楽斎は苦笑した。

「売られた喧嘩と言うわけか。咎められる筋合いはない、と思っているのだな。それで口を開こうとしないのか。背後にどのような確執があるかは知らぬが、頑固や偏屈はやめておけ。つまらぬことに眼を晦まされては、本筋が見えなくなってしまうぞ」

平八郎は何も知らぬらしい、と酒楽斎は判断した。

「もう帰ってもよい。ただし、気が落ち着くまでは、道場の竹刀に触れてはならぬ」

それが懲罰なのだ、と言いたいところを抑えて、酒楽斎は平八郎を道場に戻した。

「上村逸馬が参りました」

しばらくすると本人の声がして、音もなく廊下側の襖が開いた。

「だいぶ落ち着いたと見ゆるな。待っていたぞ。わしのほうから問いただすまでもあるまい。言いたいことがあったら、遠慮なく申してみるがよい」

「話せることと話せないことがあるのを、ご承知おきくださるなら、それがしに分かっていることは、隠さず申し上げましょう」

上村逸馬は神妙な顔をして、要領の悪い甲州訛りで語りだした。

それでは隠さず話すことにはならないではないか、と突っ込みを入れたくなるのを抑え、滞りがちになる話の先を促すために、ときどき相槌を打ちながら、洒楽斎は訥々と語る逸馬の話を聞いていた。

話せないことまで無理に話させようという気はなかった。

その代わり話せることは、より慎重により丁寧に伝えてほしいと思っている。

逸馬が話せないことには触れず、話せることは正直に伝えようとしていることが、洒楽斎には分かっている。

逸馬の話には信憑性があったのだ。

聞いているうちに、洒楽斎は逸馬の話につい釣り込まれ、まるで符牒を合わせたような、あまりの偶然に驚かざるを得なかった。

逸馬が平八郎を斬ろうとしたのは、迷宮入りかと思われたあの奇怪な事件と、深く関わっていたのだ。

五

「殺されたのは姉です」

逸馬の声は、いまも込みあげてくる痛切な思いに遮られて、聞き取れなくなるほどふるえていた。

「姉を殺した奴を、どうしても許せなかったのです」

しかし、それとこれとにどのような繋がりがあるのか、逸馬の話を聞いただけでは判断が付かなかった。

姉の死を知った逸馬が、いきなり牧野平八郎を斬ろうとしたのは、短絡的(たんらくてき)に過ぎないのではないか。

「あれは先生が、夜遅く帰られた日の翌朝でした」

投げ込み寺の門前で、深夜に武家娘が斬られたという噂を聞いて、逸馬は何故か胸が騒いで、まだ薄暗いうちに投げ込み寺まで駆け付けた。

女が殺された場所が場所だから、門前には雲霞(うんか)のような人だかりが出来ていたが、まだ被害者の検死は終わっていないようだった。

「どこかの花魁が、廓から足抜けしようとして、見せしめに殺されたのかねえ」

女の死顔が綺麗なので、近くから見ようと押し寄せる野次馬たちを、警固に当たった岡っ引きたちが六尺棒で追い払っている。

「違うな。よく見ねえ、あの気品のある顔立ちは、どう見てもお武家のお嬢さまだぜ。しつこく言い寄った色好みの男が、お嬢さまから相手にされず、可愛さあまって憎さが百倍。ついに刃傷沙汰に及んだに違えねえ」

「それにしても、勿体ねえことをしたものさ。こんな可愛いおなごを、なにも殺すことはなかろうに」

逸馬は野次馬たちを押しのけて前に出た。

殺されたのが武家娘らしいと噂に聞いて、よもや姉ではないかと思ったのだ。

姉の実香瑠とは、この三年というもの会っていない。

逸馬がまだ前髪をつけていたころ、娘盛りになっていた姉は、江戸屋敷へ帰る殿さまに従って家郷を離れた。

愛宕下にある江戸屋敷で、姉は奥女中として仕えているという。

姉は美貌ゆえに奥方さまから可愛がられ、贅沢な下賜品をいただいて、その一部を実家に送り届けてきたこともある。

逸馬の父は下士（かし）ながら、参勤交代で上府する殿さまのお供に加わって、江戸詰めになることもあり、たまたま藩の中屋敷で、姉の実香瑠に会ったこともあるという。

「わが娘ながら、実香瑠は見違えるほど綺麗になって、身ごなしにもどことなく気品が漂っておった。あと三年もすれば任も解かれて、望めば里帰りも許されるだろう。逸馬が会ったら驚くぞ。とても下士の娘とは思われぬほど美しくなっている。江戸の上屋敷でも評判になっているらしい。実香瑠はよいところへ嫁に行けるかもしれないな。そうなればわが家の衰運（すいうん）も、一気に上り坂になるやもしれぬぞ」

そう言って糠（ぬか）喜びしていた父親も、昨年の末に腸の病を患（わずら）って呆気なく世を去った。逸馬は大急ぎで前髪を剃り落とし、元服して家督を継ぐことになったが、上村家はかろうじて存続したものの、お城に出仕せよという藩命はなぜか届かなかった。

ある日のこと、父親の元上司から呼び出しを受けた。ひそかに届けられた呼び出し状には、藩の機密に類することゆえ、深夜の闇に乗じて人に知られぬよう訪ねて参れ、という但し書きが付け加えられていた。

月もない晩に訪れると、秘密めいた暗い小部屋に通され、だいぶ待たされたあと現れた父の元上司から、意外なことを命じられた。

「家督を継げただけでも幸せと思え」

座に着くなり元上司は一喝した。

「その方を正規に抱えない理由がある。藩の機密に関わることゆえ、その方ごときに教えることは出来ぬが、薄々と知ってはおろう。いまわが藩は危急存亡の瀬戸際にある。あるいは両派が激突することがあるやもしれぬ。わしがどちらの派閥に属しているか、その方には分かっておろうな」

逸馬は黙って首を横に振った。

急死した父親は、堅苦しいほど謹厳実直の人で、城中の噂や争いごとを、家にまで持ち帰ったことはない。

「まあよいわ。知らぬなら知らぬほうが都合がよい。これからはわしの命令だけに従っておればよいのだ」

まだ城中の出仕も許されない逸馬を、下役どころか家僕か奴婢のような扱いをしているのだから呆れてしまう。

これが城勤めというものか。

上村家の家督を守るために、父もこれと同じような、理不尽極まる扱いを受けてきたに違いない。

死んでしまった父も、さらにその先代の祖父も、同じような屈辱に耐えてきたのかと思えば、逸馬の受けた屈辱感は先祖代々にわたって、伝えられてきたのかもしれなかった。

「その方は当分のあいだ藩庁には出仕せず、わしの遊軍として、影ながら働いてもらいたい。この命令は剣の腕を見込んでのことじゃ。それに見合った働きをするのは、当然のことと心得るがよい」

恩着せがましい言い方には腹も立つが、上村家の家督を継いだ逸馬は、ここが我慢のしどころと思って腹を括った。

遊軍として影ながら働け、と言うからには、派閥争いに勝った暁には、上村家の家督も安泰、それどころか加増されることもあるだろう、と逸馬は軽率にも上役の見え透いた煽てに乗って、都合の良いことばかりを勝手に思い込んでしまった。

「わしが藩に願い出て、特別な認可を与えるゆえ、その方はすぐ江戸表に発って、よい剣術道場を探して入門し、さらに剣の腕を磨いてもらいたい。よいか。どのような危機にあっても切り抜けることの出来る『不敗の剣』を身に着けて、いざというときのために備えるのだ」

どうやら特別扱いされているらしい、と思えば気分は浮ついて、世間知らずの逸馬は、藩の命運を背負っている、という思い上がりさえ抱くようになった。

　さらに上役が最後に付け加えたさり気ない言葉が、すべてをまともに受け止めてしまう逸馬を、さらに煽(あお)り立てることになった。

「その方の姉も、江戸屋敷において、同じような任務についておる、かなり危険な仕事ではあるが、その方が会得する不敗の剣が、姉の危難を救うことにもなるのだ」

六

　投げ込み寺の門前で斬られた女の噂を聞いたとき、逸馬が妙な胸騒ぎを覚えたのは、あのとき言われた上司の言葉が、不吉な響きを残していたからに違いない。

　江戸屋敷の奥女中になった姉の実香瑠は、危険な仕事をさせられているらしい。

　しかも逸馬が『不敗の剣』を身につけない限り、姉を守ることが出来ないほど、難しい任務に付いているのだという。

　それにしても、愛宕下の江戸屋敷にいるはずの実香瑠が、どうして深夜になってから、月明りもない内藤新宿の裏町を、さ迷い歩いていたのだろうか。

　逸馬は野次馬たちを押しのけて、菰包みにされた女の遺骸(いがい)を確かめようとした。

「近づいてはならん」

六尺棒を持った岡っ引きが、逸馬を押し留めようとして両手を広げた。

他の野次馬たちを押し返したときのように、乱暴な扱いをしなかったのは、逸馬が両刀を帯びた武士だと分かったからで、

「仏と御縁あるお身内ですかい」

と問いかけてきた。

「その人なら、通しても差し支えあるまい」

遺骸の検死にやってきた町奉行所の同心が、逸馬の姿を見て口を添えた。

「仏の身元が分からず、困っていたところです。心当たりのお身内なら仏の顔を見て、お知り合いかどうかを確認していただきたい」

検死に当たっている同心は、杉崎と名乗る気さくな男だった。

「仏の顔にも身体にも、無残な傷跡は残されていません。心の臓をただ一突きに刺した手口は、殺しに慣れた曲者と思われますが、どうにも犯人の見当が付かず、当惑していたところです」

杉崎は菰包みの上に屈み込むと、筵をめくって遺体の顔を剝き出しにした。

薄く眼を閉ざして、眠るような表情をしている。

殺されたときの苦悶は見えず、蠟のようになめらかな白い肌は、穏やかな笑みを浮かべているようにも見える。

野次馬どもが廓の花魁と見間違えるほど、美しい顔立ちをした女だった。

「どうされたか。お身内か、お知り合いのおなごですか」

顔面蒼白となった逸馬の表情を見て、検死役人の杉崎が遠慮がちに声をかけてきた。

「いや、もしや知り合いかと駆け付けましたが、他人のそら似であったようです」

かろうじてそう答えると、逸馬は声を殺して菰包みにされた遺骸を凝視した。

姉上、と逸馬は声には出さず呼びかけた。

殺されたのは姉の実香瑠だった。

間違いなく、姉の実香瑠だった。

人目さえなければ、姉の遺体に取りすがって、慟哭したい衝動を抑えて、逸馬は別れてから三年になる姉の顔を、食い入るようにして見つめていた。

亡くなった父が、自慢げに言っていたように、実香瑠は輝くように美しかった。

しかし、姉がなぜここで殺されたのか、殺されなければならないようなことに、なぜ関わっていたのか、何よりも姉を殺したのは誰なのか、何ひとつとして分からないまま、逸馬は姉の死顔を見つめていた。

「たとえ他人であろうとも、よく似たお身内をお探しの心中、察して余りあるものです」

杉崎と名乗る同心が言った。

「しかし検死が済んだからには、仏を埋葬しなければなりません。刑死人でもなければ晒し刑でもない遺骸を、いつまでも人目に晒しておくわけにはいきません。往生の妨げにもなることです」

同心の杉崎は思いやりのある男らしかった。

「仏のお身内でなければ、強いてとは申しませんが、これも他生の縁かもしれません。出来たら埋葬に、立ち合ってはもらえませんか」

菰包みにされた実香瑠の遺体は、荒縄で縛られて六尺棒に括られ、前後から非人に担がれて、投げ込み寺と呼ばれる正覚寺の山門をくぐった。

引き取り手のない死骸は、無縁仏として投げ込み寺に葬られるのだ。

正覚寺の墓所は奥のほうで、閻魔堂のある太宗寺の墓所と繋がっている。

三途の川の奪衣婆を祭った正受院とは隣り合わせで、このあたり一帯には墓地が寄り集まっているといってよい。

姉はなぜこのような寂しい場所で、月もない寂しい夜に、殺されなければならなかかったのだろうか。

逸馬は、菰包みにされて正覚寺の墓地の奥に運ばれてゆく姉に、申し訳ない気持ちでいっぱいだった。

姉が危険な仕事をさせられていると知りながら、助けることが出来なかった不甲斐なさを、悔やんでも悔やみきれない気持ちで嚙みしめている。

「上村どの、であったな。貴殿はまことに心優しいお人だ。見ず知らずの女人（にょにん）の死を悼（いた）み、埋葬まで立ち合ってくださるとは。それがしは立場上、こういうことには慣れているが、赤の他人でありながら、最後まで付き合ってくださるとは痛み入る」

しかし実香瑠の埋葬に、最後まで立ち合ったのは逸馬だけではなかった。

正覚寺の山門前で殺された、美形という噂も高い女仏を、一目でも見ようと群がってきた野次馬どもが、神妙な顔をして葬列に加わっている。

いまは岡っ引きや非人たちも、六尺棒で追い払おうとはしなかった。

岡場所の女郎（じょろう）が投げ込まれるときは、人目を忍んで、深夜に埋葬されることが多かったが、実香瑠の検死は未明から行われたので、埋葬は朝日の差し込むころ、明るい陽を受けて、ものみな輝きだすような美しいときだった。

「見ず知らずの仏を見送る人々が、これだけ参列するような葬儀は、近頃めずらしいことではあるまいか。これも仏とは見ず知らずの縁であった上村どのの、真摯な供養があったからであろう。投げ込み寺に遺骸を葬るときは、いつも陰々として、遣り切れぬ思いがするものだが、今朝は心が晴れ晴れとして、よいことをしたと思える日になりそうだ」

杉崎同心は人の好い笑顔を浮かべて、不浄役人らしからぬ感動に浸っているらしかった。

しかし逸馬は同調することが出来なかった。

実の姉を他人と偽ってまで、守らなければならない秘密をもつわが身を、このときほど呪ったことはない。

大好きな姉だった。

死顔さえも美しい姉だった。

それなのに姉とは呼べず、弟とも名乗れない悔しさは、逸馬に言語を絶するほどの苦痛を与えている。

わが藩の命運に関わる機密、という上司の一言が、逸馬のすべてを規制している。

このようなことなら、最初から関わるのではなかった、と痛切に思うが、わが藩の存亡に関わる秘事、絶対に他に洩らしてはならぬ、これは藩命じゃ、と口止めされたら、それを守るのが藩士の務め、どのような犠牲を払っても、私事を捨てて藩命に殉じようと、無理を押し通している自分が歯がゆい。

墓地の奥に静まっている、湿り気が多くて薄暗い場所に出た。

遊女たちが埋められている無縁墓は、実香瑠の遺体を投げ込むために掘り返されていた。

湿り気のある黒い土は、遊女たちの死骸が腐食して土に返った名残だろう。

黒々と粘ついた土の中に、象牙のような白い骨が交じっているのは、遊女たちがこの世の形見に残した遺骨に違いない。

無縁墓を掘り返した暗い穴は、地底深く掘られた他の墓穴に比べたらかなり浅い。

掘り過ぎれば、非業に死んだ遊女たちの遺骨が暴き出されて、死者たちの深い眠りを邪魔するように思われるからだ。

掘り返された墓穴に、周縁に盛り上げた黒土が、砂時計のようにサラサラと落下して、生あるものも無いものも、すべてをあの世まで誘っているように思われてならない。

菰包みにされた実香瑠は、非人たちの掛け声と共に、暗い墓穴に投げ込まれ、その上から非人たちの手で、遺骨の破片が混じった土砂をかけられ、浅く掘り返された地底に、情け容赦もなく埋められてゆく。

大きな土饅頭が出来るまで、逸馬はその場を離れなかった。

実香瑠の遺骸は、やがて腐蝕(ふしょく)して黄ばんだ膿(うみ)となり、無慈悲に投げ込まれた遊女たちの骨と混ざりあって、黒々とした土に返ってゆくのであろう。

ふと気がついてみれは、陽の当たらない寂しい墓地に、茫然(ぼうぜん)とたたずんでいるのは、逸馬ひとりしかいなかった。

気のいい町方同心の杉崎は、次の仕事が待っているからと、早々に立ち去り、野次馬たちも三々五々散って行ったので、逸馬のほかには、湿っぽい墓地に人影は見えなかった。

呆然と立ち尽くしている逸馬に、気を遣ってくれる者は誰もいない。

思い起こせば姉だけが、いつでも逸馬のことを気遣ってくれた。

その姉はもういない、永遠にいなくなってしまったのだ。

姉を殺した奴を必ず探し出して、必ずやそ奴を、一刀のもとに斬って捨てる、と逸馬は埋葬したばかりの霊魂に誓った。

その日初めて、逸馬は天然流道場を休んだ。

七

「そうか。そのようなことがあったのか」

逸馬の話を聞いて、あまりにも偶然が重なり過ぎていることに驚き、洒楽斎はしばらく考え込んでしまった。

あの月もない暗い晩に、若い女の最期を看取ることになったが、暗闇の中で斬られた女は、別れて久しいという逸馬の姉だったのか。

もう少し早く駆け付けていれば、あの女を死なせはしなかったのに。

つまらぬ意地など張らずに、番衆町の田村半蔵から、夜道を照らす提灯を借りて来るべきだったのだ、といまになって思う。

走れば間に合う距離だった。

闇の中を泳ぐようにして、黒々と闇に沈んだ足元を、手探りで確かめ確かめ、やっとの思いで辿り着いたときには、女はすでに殺され、賊は薄笑いを残して立ち去っていた。

同心の杉崎が調べているが、いまだに手掛かりはなく、「投げ込み寺女殺しの一件」

は、迷宮入りになるかもしれないという。

殺された女が上村逸馬の姉であった、ということは分かったが、その他はどれもこれもバラバラで、それぞれの繋がりを見つけ出せない。

それは逸馬が、言いたくないことは言わず、勝手に話を進めているからで、見えるところはいやに鮮明なのに、見えないところからは何も見えてこないのだ。

「それで、牧野平八郎を斬ろうとしたのはなぜなのか」

洒楽斎は話題を変えた。

「姉の実香瑠には、武術の心得があります。滅多なことで、斬られるはずはありません。それがしの知る限り、姉を一太刀で仕留めるほどの腕を持つ男は、牧野平八郎の他にはおりません。それで、試してみようとしたのです」

「抜き合わせて見れば分かる、と思ったのだな」

「はい。刀身の曇りを確かめようと思ったのです」

「道場の中でやるべきことであったかな」

「もし平八郎の刀身に、血痕の曇りがなかったら、どうなるとお思いですか」

「どうもこうもないわ。ひとたび武士が抜いた刀は、敵を斬るか斬られるか、決着がつくまでは鞘に納めることは出来ぬ。たとえ斬り合いに勝ったとしても、理由なく相手を斬った者は切腹を免れぬ。いずれにしても、待っているのは死じゃ」

「刀を抜くときは、死を覚悟しなければならないのですね」

「そうだ。それが分かっていて、なぜ腰の物を抜こうとしたのか」

叱責したつもりの洒楽斎に、意外な返答が戻ってきた。

「道場に塾頭がいたからです」

逸馬はにこりともせずに言った。

「仙太郎が」

洒楽斎は呆れて問い返したが、逸馬は意外と冷静な判断で、危険な賭けに出たらしかった。

「はい。塾頭なら、抜き身の剣を奪い取ることが出来るからです。平八郎とそれがしの剣を、素手で裁くことの出来るお人は、塾頭の他にはおりません」

「馬鹿なことを」

と思わず叫んで、洒楽斎は新弟子の額をハタと睨みつけた。

「賢しらだって剣術を玩弄するとは、思い上がりにもほどがある」

洒楽斎が弟子たちに向かって、剝き出しの怒りを見せたのは初めてのことだった。

逸馬は恐ろしさに縮みあがって、擦り切れた畳に額を擦り付けた。

酔狂道人と自称して、しゃらくさい、と世俗の欲を突っぱねて、酒脱に世間を渡っているかのように見えたこの男が、本音の恐ろしさを見せた一瞬だった。

逸馬は芯から怯(おび)えていた。

道場の固い板の間に、長時間正座しても痺れを見せず、平然としていた逸馬が、痺れるような衝撃を受けたのは、瞋恚(しんい)に燃える酒楽斎の眼を見た瞬間だった。

「眼をそらすな」

しばらくすると、穏やかな声に戻って酒楽斎は言った。

「わしの眼を、真正面から受けとめてみよ」

さらに優しい声になっている。

「若者の思い上がりは悪いことではない」

何を言っているのだろうか、と思って逸馬は額を上げた。

「むしろ、若くして思い上がることのない奴のほうが、生きれば生きるほど退屈で暗くなる」

酒楽斎はいつもの表情に戻っている。

「わしもおぬしの年頃には、ずいぶんと思い上がって、世の仕組みを変えようとした。それが蟷螂(とうろう)の斧(おの)であったことは見てのとおりじゃ」

酔狂道人と号し、洒楽斎などという、ふざけた戯名で、押し通している変わり者が、おのれの過去らしいことを語ったのは、初めてのことだった。

「塾頭の津金仙太郎もそうであった。おぬしの年頃には、名のある剣豪と試合して、当たるところ敵なし、小天狗などと言われて思い上がり、これ以上は学ぶ必要がないと、これまで取り組んできた剣術の修行を、あやうく放擲する寸前であった」

あの塾頭と、同じように見られていたのか、と思って逸馬は感激した。

しかし姉を守ろうと『不敗の剣』を学んでいるとき、姉の実香瑠は何者かに斬られて命を失ってしまった。

もう剣を学ぶ必要は無くなったのだ、と思って逸馬は茫然としていた。

「そう。その眼じゃ」

逸馬のようすを見ていた洒楽斎が、新弟子を励ますように声をかけた。

「わしと逢ったころの仙太郎が、ときどきそんな眼をしていた。やる気を失った者の眼じゃ。仙太郎はすでに高みに達して、これ以上はもうやることがない、と思ってやる気を失い、逸馬はたぶん、守るはずだった姉者を失って、やる気を失っているように見える」

さすがに天然流の先生、すべて見通しておられる、と思って逸馬は首をすくめた。

「しかしそのときこそ、これまでの修行が物に成るか成らぬかの分かれ道なのじゃ。若さゆえの思い上がりが、本物となるか贋物（にせもの）で終わるかの分かれ道と言い換えてもよい」

酒楽斎はいきなり照れくさそうな顔をして、それを誤魔化（ごまか）すかのように、ゲタゲタと声を立てて笑った。

「わしも歳を取ったものじゃ。このような理屈を口にしたのは初めてのことじゃ」

恥ずかしそうな顔をして笑い終わると、酒楽斎は話をもとに戻そうとして、

「わしの言ったことは、憶えてくれても忘れてくれてもどちらでもよい。もともと天然流とは、教えられて学ぶのではなく、おのずから自得する天然の境地を言う。よけいなことを話してしまったようだ」

酒楽斎は表情を改めて、

「そなたは真剣勝負を玩弄し、師匠である津金仙太郎を利用し、同門の牧野平八郎を愚弄（ぐろう）した。たとえ姉者の死に心乱されていようとも、決して許されることではない。いずれこの落とし前をつけねばならぬことを忘れるな」

逸馬がほんの一瞬だけ、不平そうな顔をしたのを見逃さず、

「道場に戻って、平八郎を呼んで参れ。二人揃って来るのだぞ。必ず両刀を手挟（たばさ）んで

参るよう伝えるのじゃ」

　逸馬の背筋に緊張が走った。

　師匠の前で真剣勝負をせよ、と言われたのだろうか。

八

　仏頂面(ぶっちょうづら)をした新弟子、牧野平八郎と上村逸馬は、言われるままに奥座敷の隅に座った。

「そこに座れ」

　と洒楽斎は言った。

　お互いに意識して、かなり間隔を取っている。

「大刀を抜け」

　緊張が走った。ここで斬り合いをせよ、と言われるのだろうか。

「どうした。早く抜かぬか」

　新弟子たちは躊躇(ちゅうちょ)していたが、お互いに刀身が届かない位置を確かめ合って、すらりと刀身を抜き放った。

緊張が走る。

「そのように離れていては刀身を見ることが出来ぬ」

ふたりがなおも躊躇していると、酒楽斎はもどかしそうに、

「ならばわしが見てやろう。抜き身のままで持ってくるがよい」

逸馬は抜き身の大刀を袂(たもと)で巻くようにして捧げ持ち、膝行(しっこう)して酒楽斎の前に進んだ。

酒楽斎はさりげなく手に取って、

「刀身に曇りはない。わずかな刃こぼれも見当たらぬ。真剣を使った痕跡はない」

酒楽斎は逸馬の大刀を検証すると、抜き身のまま膝の上に置いた。

「次。平八郎の大刀をこれへ」

平八郎も同じように膝行し、抜き身の大刀を差し出した。

「これも刀身に曇りはない。血を吸った痕跡も見当たらぬ。丁子油(ちょうじゆ)を塗って血の匂いを消した跡もない。一点の刃こぼれもないところを見れば、試し斬りに使われたこともなかろう」

酒楽斎はそう言うと、初めて笑みを見せて、

「取りに参れ」

と新弟子たちを呼び寄せた。

はっ、と一礼して膝行すると、洒楽斎は無造作に抜き身の大刀を返却した。

「先生。これは拙者の刀剣ではありませんぞ」

座に戻った平八郎が、驚いたような声を上げると、逸馬も憮然とした顔をして、

「こちらも違っています」

と苦情を言った。

「むろんそれは平八郎の太刀、逸馬の太刀は平八郎の手にある。初めから互いの刀身を検めて見よ、と言ったではないか。納得の行くまで調べてみるがよい」

言われて逸馬はそうかと納得し、平八郎の刀剣を隅々まで検証した。

平八郎は無言のまま逸馬の刀剣を鑑定している。

「それぞれ納得したら、こんどは互いの脇差を調べてみよ。もうわしの手を煩わせるな。抜き身の刀剣で弟子たちに斬り合いをさせるほど、わしは無慈悲な師匠ではない。おぬしたちはお互いに疑心暗鬼に駆られて、なぜか知らぬが、ことあるごとに、いがみ合っているらしい。刀剣は武士の魂と言われているが、お互いの刀剣を鑑定してみれば、持ち主の心までが分かるはずじゃ。わしが鑑定したところ、いずれの刀身にも一点の曇りもない。おぬしたちの心もそのようなもの、とわしは信じている。これ以上の口出しをするつもりはない。いらぬ争いは終わりにいたせ」

酒楽斎はこう言って、新弟子たちを引き取らせたが、師匠の忠告は弟子たちに伝わったわけではないようだった。

上村逸馬と牧野平八郎は、相変わらず敵愾心を剝き出しにしていがみ合っているらしく、気まぐれ者の津金仙太郎も、この二人から眼を離せないらしかった。

「天然流はつらいのう」

酒楽斎は師範代の乱菊に、つい愚痴をこぼしてしまうことがある。

「いいえ。楽しゅうございますわ」

乱菊はあまり気にならないようだった。

お座敷芸者で苦労してきた乱菊は、思いのままにならない弟子たちを、それがあの娘たちの天然なのだからと、それぞれの違いを楽しんでいるようだった。

「乱菊は日に日にしっかり者になって、創始者のわしよりも、よほど天然流の境地に近づいているようだ」

「これも先生のお陰でございます」

乱菊は腰を深く沈めると、わざと他人行儀な挨拶をして笑いを取り、たまに弱音を吐くようになった酒楽斎の、気を引き立てようとしているらしかった。

市之丞に負けず劣らず乱菊も、ちらほらと見せるようになった酒楽斎の老いを、認めたくないと思っているのだろう。

第三章　甲賀三郎伝説

一

市之丞は甲州街道を北に向かっていた。

季節は秋だった。

夏のあいだに思うさま枝を伸ばし、鬱蒼と葉を茂らせていた樹木が、一斉に黄ばんだり紅くなったりして、色鮮やかな輝きを増してくる季節だった。

甲斐路の紅葉は取りわけ美しい、と聞いたことがある。

久しぶりの旅に出た市之丞は、つい気も浮き浮きとして、名にし負う甲州の猿橋や昇仙峡を、紅葉の美しい季節に見たいものだと、思わず歩を速めてしまうのだった。

内藤新宿から武蔵の国府が置かれていた府中宿までが六里三十四丁、そこから多摩川を渡って日野宿までが一里八十丁、浅川橋を渡って八王子宿までは一里二十七丁ある。

そのあたりまでは、ゆるやかな起伏はあっても、ほぼ平坦な道だが、八王子を過ぎれば険しい山道に入るので、内藤新宿から八王子まで併せて九里四十一丁を、その日のうちに歩いてしまおうと、市之丞は旅慣れた足で道を急いだ。

八王子は武蔵国の西を固める要衝の地で、甲斐の武田勝頼が滅亡した後、その遺臣たちが徳川家康に拾われ、八王子千人同心として住み着いた武辺の町だった。

甲州街道でも一二を争う繁華な宿場町で、内藤新宿にも劣らない賑わいがあった。

市之丞が健脚にまかせて闊歩しても、八王子に着くころには、あたりはすでに濃い闇に包まれ、街道をゆく旅人の姿などもほとんど見当たらない。

闇に迷いながら道を急ぐと、宿場町に近づくにつれて、旅籠屋の軒下に掛け渡された提灯で夜の底が明るみ、繁華な旅籠街には、客を誘う女たちが黄色い声を競っていた。

江戸一番の色男と自称している市之丞も、残念ながら宿の女たちからは特別扱いなど受けず、それどころか迷惑そうな顔をされ、天井の低い二階の雑魚寝部屋に通された。

隣人の鼾や歯ぎしりに悩まされ、市之丞はすっかり気落ちしてしまったが、頭から薄い煎餅布団を被れば、昼の疲れでストンと深い眠りに落ちて、明け方まで夢も見ずに寝ることが出来た。

小仏峠を越えたころから、仙太郎が言っていたような甲州訛りを、ちらほらと耳にするようになった。

なるほど塾頭が指摘したように、上村逸馬の田舎訛りとよく似ているが、聴き慣れてみれば、少し言い回しが違うような気がする。

ひょっとして、上村逸馬が喋る田舎方言は、甲州訛りではないのかもしれない。

それでは手掛かりの摑みようがないではないか。

市之丞は覚悟を決めた。

こうなればやはり、甲州街道の終着駅、中山道と合流する下諏訪宿まで、足を延ばしてみる必要があるようだった。

これまでは、上村逸馬と牧野平八郎の確執は、あるいは気質の違いかもしれない、などと軽く見ていたが、塾頭の仙太郎が指摘したように、ふたりのいがみ合いが、もし大名家の家督争いに絡んでいるとしたら、旅芸人風情が口を出すことや、手を出すことは難しくなる。

そうなれば、天然流道場の師範代や、旅役者の猿川市之丞ではなく、もとの甲賀三郎に戻って、聞き込みや画策に専念しなければならないだろう。

そう思った市之丞は、にわかに気を引き締めて、旅に出る前から楽しみにしていた猿橋や昇仙峡を見ることは諦め、耳と眼を使って調べに徹し、巧みな口舌（くぜつ）を駆使して土地の者を籠絡（ろうらく）しながら、真相を突き留めてゆく他に、打つ手はないように思われた。

しかし街道筋の聞き込みだけでは、肝心なことが何も分からない。

津金仙太郎の言うように、上村逸馬が国元から江戸に送り込まれた先兵だとしたら、それを迎え撃つ牧野平八郎にしたところで、口が裂けても身元を明かすはずはない。

そう思って、逸馬の甲州訛りを手掛かりに、争いの原因を突き留めようと旅に出たのだが、考えてみるまでもなく、まったく雲をつかむような話だった。

小仏峠、笹子峠（ささごとうげ）と、険しい峠道を越えて甲府に出ると、広々とした甲州盆地に、見渡すかぎりの秋が来ていた。

甲州路の紅葉は、噂に聞いていた以上に美しかった。

黄色や紅い枯葉が路上に散り敷かれ、ときおりカサカサと音を立てて風に舞った。

市之丞はしばらく甲府に足をとどめ、愛想のよい芝居者の顔に戻って、変わった噂話を聞き出そうとしたが、それらしいことを聞き出すことは出来なかった。

ここは甲州街道の中枢で、かつて信虎、信玄、勝頼と、三代にわたってこの地に君臨していた甲州武田家の本拠だった。

いまは幕府が直轄する要地だが、甲府の勤番支配は「山流し」に遭った運の悪い旗本で、江戸の遊楽に慣れた遊び人には、僻遠の地に流されたように思われたことだろう。

そのため自暴自棄になって、粗暴な振る舞いをする旗本御家人が多く、武田の遺臣であると自負している地元住民とは仲が悪かった。

山林地主の豪家に生まれた津金仙太郎が、幼少のころから剣術に親しんだのは、土着した武田家の遺臣を誇る家柄に、武張った気風が伝わっていたからに違いない。

甲府は江戸から三十六里。その少し先から、日蓮宗総本山久遠寺に向かう、身延道が分かれている。

江戸から行脚してきた日蓮宗の信者や、身延講の行者たちが、白装束に白鉢巻、団扇太鼓を打ち叩き、南無妙法蓮華経と唱えながら、お揃いの出で立ちで、群れをなして通り過ぎる。

市之丞は抜け目なく、上村逸馬の甲州訛りを手掛かりに、路行く人々や路傍の百姓たちに、間抜け面を装って話しかけた。

しかし念仏を唱える信者たちは、愛想笑いをする市之丞には眼もくれず、集団で打ち鳴らす団扇太鼓の響きに酔って、一種の陶酔境にひたっているようだった。

　こりゃ駄目だと諦めて、市之丞は甲州街道を先に急いだ。

　これだ、と市之丞が思ったのは、信州に向かうという商人と道連れになり、他愛のないよもやま話に花を咲かせていたときだった。

　商人と武士は身分の違いから、用語や言葉遣いも異なるが、抑揚や言い回しにはその土地に特有の癖がある。

　のんびりしているようで忙しない、この男の言い回しが、上村逸馬の訛りや癖と、どこか似ているように思われたのだ。

　何か手掛かりになることを、聞き出せるのではないかと思った市之丞は、道連れになった商人にお世辞を言ってみた。

「あたしは仕事がら、ろくな能はなくても足には自信があって、歩くのは誰にも負けねえと思っていましたが、おまえさんも随分と達者な足をしていなさる」

　商人風の男はすぐ話題に乗ってきた。

「足が達者というのはありがたいことですな。ところで、歩くのは負けないとおっしゃるあなたさまは、どんなお仕事をされているのでございますか」

先ほどから、そのことが気になっていたらしい。

「なあに、しがねえ旅役者でござんすよ」

すると相手は驚いたように、市之丞の顔をまじまじと覗き込んで、

「それではあなたさまは、まさかとは思っておりましたが、猿川座を率いて興行をなさっている看板役者、猿川市之丞さまではございませんか」

ずばり名指しでそう言われて、市之丞は驚愕のあまり、口も利けないありさまだった。

しかし、そこは旅役者として鍛えられた市之丞、とっさに気持ちを切り替えて、

「これは驚きました。あっしの顔がそんなに売れているとは、嬉しいような恥ずかしいような。いってえどんな舞台を見られたんで」

内心では、あぶねえ、あぶねえ、と思っている。

すぐに顔が割れてしまうようでは、抜け忍狩りの刺客に狙われたら逃れようがない。

剣呑剣呑、と冷や汗をかいたが、市之丞は平然とした顔をして、

「こうしてたまたま旅先で、贔屓筋のお客さんに出会えるのも、しがねえ旅役者をしている有難さかもしれませんな」

しかし相手は、市之丞の屈託などはお構いなしに、

「いつもは商売のため、江戸と国元を行き来しておりますが、たまには名古屋まで出ることもあります。商売人のくせに根っからの芝居好きで、舞台がかかっていれば見ないわけにはいかない、という困った癖がありまして。猿川一座の芝居は、江戸で五度、名古屋でも一度だけ見ています。ところがこの数年は、市之丞さんの芝居がかからなくなった。残念なことだと思っておりましたが、ここでご本人にお目にかかるとは驚きです。先ほどからよく似た方だと思っていたんですが、やはりご本人だったんですね。こいつは運がいい。おかげさまで、商売のほうにも御利益がありそうです」

さすがに商売人で、話し始めたら立て板に水で、市之丞も顔負けなほどよく喋る。

商用で江戸に出た帰りだというのに、背に荷物を負うでもなく、荷車を牽引する馬や牛も連れていない。

「近頃は為替手形という便利なものが出回りまして、重くて嵩張る銭金を持ち歩かなくても、品物の仕入れが出来ます。買い付けた商品は荷車で届けてもらえる。おかげで手ぶらのまま商用が出来ます」

こちらから訊かないことまで話してくる。

「ところで、お国はどちらですか」

市之丞はさり気なく訊いた。

「信州の諏訪です」

商人のくせに警戒心は無いのか、自慢げに諏訪の名を告げた。

「これはいい人と巡り合った。わたしも諏訪までと思って旅しているのですが、行ったことの無い土地なので、何かと心細く思っていたところです」

「ならば旅は道連れと申します。同じ道筋なので、上諏訪までご一緒いたしましょう」

よほどのお人好しなのか、それとも旅役者猿川市之丞の、熱心な贔屓筋なのか、諏訪の商人は喜んで同行を申し出た。

「わたしは生糸(きいと)を扱う細物(ほそもの)問屋の嘉右エ門(よしえもん)です」

「ご存じのように、わたしは旅役者をしていた猿川市之丞です。近頃は容色(ようしょく)も衰え、舞台に上がることも稀になりましたが、御贔屓筋に呼ばれたら、どこまでも出かけてゆくつもりです」

余計な一言を付け加えたおかげで、市之丞は洒楽斎と約束した日程では、江戸へ帰ることが出来なくなるが、これは後の話。

甲州街道は、韮崎(にらさき)、台ケ原(だいがはら)を過ぎれば、いつの間にか国境(くにざかい)を越えて、甲斐国から信濃国へ入っている。

甲府を過ぎてからは旅人の影もまばらで、曲がりくねった道は細く険しく、宿場と宿場の間も三里から四里は離れている。

遠く聳える山塊は、山裾が重なり合って果てなく続き、水墨画のように霞んで見えた。

「なにせ信濃と甲斐の国境ですから、このあたりは昔から、あまり人が住まないところです」

しかし紅葉は綺麗だった。

街道の上に差し交わす枝の間から、まばゆいばかりの夕陽が洩れて、乾いた路上をまだら模様に染めていた。

信州で初めの宿場町となる蔦木は、甲府から十里と十六丁離れている。

気のせいか蔦木の宿は思ったより大きく、旅籠が続く家並みも立派なのは、山道を歩き疲れた旅人が、ホッとして休める場所にあるからだろう。

蔦木から三里四丁離れた金沢宿は、山峡に切り込まれたような狭い土地に、左右を山裾に挟まれた甲州街道に沿って、密集する旅籠街が立ち並んでいた。

小ぢんまりとした宿場町だが、山間に木陰の続く甲州街道を、とぼとぼと歩いてきた旅人には、どこか派手やかなところがあるような気がする通りだった。

金沢宿から枝分かれした峠道が、金沢峠を経てなだらかな尾根伝いに、山向こうに続く高遠の城下まで通じている。

そのためか、山間に埋もれた宿駅にしては、旅籠屋が並ぶ街道筋は意外なほど繁華で、どこか京風の雅(みやび)さえ思わせる風情があった。

「高遠の殿さまはどうして諏訪を避けて、尾根伝いの峠道を通るのですかね」

市之丞はちょっと疑問を感じたが、これから訪れる諏訪の地には、どこか憚るものがあるのかもしれないと思い直して、それ以上を聞き出すことをしなかった。

高遠は内藤駿河守(ないとうするがのかみ)の城下町なので、内藤新宿を拠点としている市之丞と、まったく縁がないというわけではない。

しかし市之丞が住んでいるのは、陽当たりの悪い裏店で、狭くて汚い仮の宿りだ。

それとこれとを比べるつもりはないが、以前は内藤新宿までがその一部だったという広大な敷地が、わずか三万三千石という田舎大名の、しかも下屋敷なのだから驚いてしまう。

「金沢という地名からも分かるように、無敵と言われる騎馬軍団を率いた信玄公が、破竹(はちく)の勢いで領国を広げていた元亀天正(げんきてんしょう)のころには、甲斐信濃でも有数の金山として、にぎわっていたころの名残があるのです。金鉱の掘り出し口に近い千軒平(せんげんだいら)には、金掘り人足や山師たちが、押し合いへし合いして住んでいた大集落の廃屋が、当時のままに放置されているらしい。天下布武と豪語した織田信長の、三千余丁の鉄砲隊に、三段構えの一斉射撃を受けて、騎馬軍団の鋭鋒を失ったのが運の尽き、甲斐の名族武田家が滅びた後、金鉱を掘り尽くした山師たちは、金山の洞窟から毎日のように仰ぎ見ていた、光まばゆい八ヶ岳の裾野に、移り住んだと伝えられています」

嘉右エ門は口達者な商売人というよりも、講釈師のような口調で喋りだした。

初めのころはムッツリとして、取りつく島もないように思われた男だが、親しくなった相手には、何もかも話したくなって、抑えが利かなくなるらしい。

二

さらに驚いたことに、上諏訪の城下に着いてみると、嘉右エ門は大きな店構えの商家に乗り込んで、傍若無人に振る舞い始めた。

市之丞が心配になってきたほど、嘉右エ門は横柄に振る舞っている。

番頭や手代が愛想笑いを浮かべて、お帰りなして、と挨拶をしているところをみると、嘉右エ門は大きな店構えを持つ商家の主人で、商用を済ませて江戸から帰ってきた旦那を出迎えて、奉公人たちがあれこれと気を使っているらしい。

「このお方は、有名な歌舞伎役者の、猿川市之丞さまだ。しばらく逗留なさるから、奥座敷にお部屋を用意して差し上げろ」

市之丞は慌てて言った。

「ちょっと、それはねえですぜ。そこまでお世話になるつもりは、毛頭ありませんよ」

上諏訪に近づいたとき、

「どこか気の利いた旅籠を世話していただけませんかね」

と軽い調子で頼んでみると、

「いい宿を知っていますよ。そこでは温泉にも入れるし、奥まった静かな部屋もある。そこに行きましょう」

と言われて付いてきたのが、旅籠ではなく嘉右エ門の店だったのだ。

「ここへ来る道すがら、どうせ気ままな旅だから、上諏訪温泉でゆっくりと湯につかり、のんびりと名所旧跡を見てまわりたい、と言われましたな」

それは上諏訪で過ごす数日を、聞き込みに使いたいと思ったからで、甲賀隠密めいた陰の動きを、嘉右エ門から変に疑われたくないからだった。

上諏訪に着くまでの間に嘉右エ門から聞いた、この土地に語り継がれてきた伝説の中には、現場に行って確かめてみたいと思った話が幾つかある。

洒楽斎と約束した期日があるから、調べなければならないことを後回しにして、物見遊山などを楽しむゆとりはない。

嘉右エ門は構わずに先を続けた。

「それであれこれと考えてみたんですが、どうせ逗留なさるなら、芝居好きな素人衆を集めて猿川座を結成し、歌舞伎芝居を舞台にかけてみたらどうでしょうか。御心配はありません。たとえ長逗留になっても、舞台にかければ旅費は稼げます。地元の芝居好きや、遠方から湯治に来ている逗留客は、たいした楽しみもない諏訪の御城下で、猿川一座の芝居が見られたら大喜びですよ」

社交辞令で口にしたことを言質に取って、いきなり芝居興行を持ちかけてくるとは、やはり嘉右エ門という男、油断のならない商売人だ、と思って市之丞は絶句した。

「舞台の用意は、わたしにまかせてください。日頃から親しくしている八剱神社の宮司に、境内の能舞台を貸してくれないかと頼んでみます。たとえ狭い能舞台でも、名優猿川市之丞がそこで演じれば、観客には立派な歌舞伎舞台に見えてきますよ。猿川一座の結成なら、わたしが心当たりの芝居好きを集めて宴席を設け、一緒に芝居をしないかと呼びかけてみれば、否も応もなくその場で即決です。芝居の練習には十日もあれば足りるでしょう。どうせ舞台は狭くて、一緒に演じるのはズブの素人ばかりだ。文字どおり猿川市之丞の一人舞台と言っていい。芝居好きの連中は、役者として舞台に立てただけでも満足します。せりふも演技も要りません。彼らは贅沢な衣装持ちですから、ただ片隅に配置して、立ったり座ったりしているだけで、舞台に華やぎを添えてくれるでしょう」

嘉右エ門が止めどもなく喋るのを、

「ちょっと待ってください」

と市之丞は慌てて止めた。

「なんだか勝手に話が進んでいるようですが、わたしは歌舞伎芝居を舞台にかけるとも、そのために素人役者を集めて、猿川一座を結成するなどということも、何ひとつとして言ってはいませんよ」

抗議を入れても、嘉右エ門は笑い飛ばして、

「何も遠慮なさることはありませんや。芝居好きの素人は、観客を集めて舞台に立つことが唯一の楽しみ、ということは、この嘉右エ門もよく存じ上げておりますよ。市之丞師匠だって、近頃は舞台に上がることも稀になった、と諏訪へ向かう道中でも、

寂しそうにおっしゃっていたじゃありませんか」

嘉右エ門はここで一息入れると、さらに声を高くして、励ますように言い添えた。

「猿川市之丞の容色は、まだまだ衰えてはおりません。これからが楽しみな役者だと、贔屓筋はみな思っておりますよ。こんなお節介じみたことを企てるのは、誰よりもこのわたしが、猿川市之丞の芝居を見たいからなんです。そしてより多くの人に、猿川市之丞の芝居を見せたいと、心底から思っているのです。市之丞さんは、決して枯れしぼむ花ではありません。これから大輪の花を咲かせる旬(しゅん)の役者です。わたしはどんなことでもお手伝いして、猿川市之丞ここにあり、と世間さまに見せつけてやりたいのです」

市之丞は当惑して、

「待ってください。わたしには待っている人がいるんです。決められた期日までに帰らなければ、よくないことが起こるかもしれません」

こう言ったのは、もちろん洒楽斎との約束を気にしてのことだが、

「あれまあ、どさくさにまぎれて、おのろけになって。そりゃ、市之丞さんほどの色男なら、お帰りを待ちわびているおなごもあまたいるでしょうよ。差し出がましいことを言わせてもらいますが、そういうときは待たせれば待たせるほど、情が深まるも

のなんです」

何を思ったのか、嘉右ェ門は急に下卑（げび）た顔になって、低い声でイヒイヒと笑った。

三

内藤新宿の仲町にある、天然流道場に立ち寄った町方同心の杉崎は、ちょっと得意気な顔をして、めずらしく道場に出ていた洒楽斎に報告した。

「投げ込み寺の門前で、斬り殺された女の身元が分かりましたよ」

洒楽斎は身を乗り出すようにして言った。

「何の手掛かりもないと言われていたが、さすがは町方同心でござるな」

殺された女が、上村逸馬の姉、実香瑠だということは、洒楽斎にも分かっている。

しかし、逸馬が国元や藩名を隠し、頑（がん）として身元を明かさないので、そのことが手掛かりになるとは思えなかった。

同心の杉崎は別の方面から、実香瑠の身元を探り当てたらしい。

「ここで詳しいことは話せまい。ちょっと奥座敷まで参らぬか」

塾頭の津金仙太郎から、めずらしく稽古をつけてもらっている上村逸馬が、杉崎の声に聞き耳を立てていることに、洒楽斎はとうから気がついていた。

逸馬は姉の遺骸を確かめてから後も、死者の身内であることを隠し通している。

投げ込み寺の暗い土中に、実香瑠の遺骸を埋葬したとき、逸馬が最期まで立ち合うことを許されたのは、人のいい杉崎同心のお陰だと感謝しているが、ときどき道場に立ち寄る町方同心を警戒して、親しく口を利かないようにしているらしい。

「大先生の奥座敷に通されるとは光栄ですな。天然流の高弟でも、めったに入室を許されない特別なお部屋と聞いておりますが」

杉崎は恐縮したように言った。

「大袈裟（おおげさ）なことを。そのような噂、どこから出たか知らぬが、わしの部屋では漢籍やよろずの文反古（ふみほうご）が、住人よりもでかい顔をしておるので、そんな見苦しいところを、お見せしたくないだけのことでござるよ」

洒楽斎は謙遜して言ったが、爪に火を点すようにして買い溜めてきた漢籍も、積もり積もって膨大な冊数となり、蔵書のすべてを読み尽くすことなど出来そうもなかった。

わしに残されている時も長くはあるまい、と洒楽斎は思うようになっている。

無理をして買い集めた書籍を、生あるうちに出来るだけ読んでおきたいものだ、そのためには、ひとり引き籠もることが出来る、静かな部屋が必要だった。

内藤新宿に居（きょ）を移してから、ようやく望みが叶（かな）ったと思っていた。

しかし、なかなか思うようにならないのが、この世の習いというものらしい。

奥座敷の襖を開けると、数人の女弟子たちを相手に、乱菊が立花（りっか）を楽しんでいるところだった。

たった襖一枚を隔てて、ここには道場では皆無だった華やぎがあり、みずみずしい色彩と、甘い花弁の香りが室内に満ちていた。

振り向いた娘たちの顔が、なぜか喜びの色に輝いているように見えた。

洒楽斎は済まなそうに言った。

「お稽古中のところを恐縮だが、ちょっとだけ席を外してくれないか」

娘たちは不平そうな顔をして、一斉に頬を膨らませた。

その日めずらしく、洒楽斎が道場に出ていたのは、乱菊から生け花を習っている娘たちに、奥座敷を追い出されたからだろう。

仙太郎が道場で弟子たちに稽古をつけるとき、洒楽斎の居室となっている奥座敷で、娘たちのお習い事を指南するのが、いつの間にか慣例のようになっている。

塾頭の仙太郎は天才肌の男で、自分でも言っているように、弟子たちに教えるのがあまり上手ではない。

稽古は厳しいというよりむしろ荒っぽく、仙太郎に小手を打たれて全身に痺れが走り、振りかざした竹刀を取り落とし、軌道を外れた切っ先が、煎茶の作法を習っている娘たちを襲うこともある。

そんなとき乱菊は、帯に挿(さしはさ)んでいた扇子を素早く抜き取り、さりげない動作で飛来物をパシッと叩き落としているので、娘たちに危害が及ぶことはなかった。

しかし、それを聞いた母親たちから苦情が出て、仙太郎が逸馬と平八郎を指南しているときに限って、奥座敷を使わせることが慣例になった。

娘たちは洒楽斎の蔵書などには眼もくれない。

積み重ねられた漢籍など、汚れた壁の一部と心得ているらしく、読みたいとか、貸してほしいという声など聞いたことがない。

「何か密談でも始まるんですか」

娘たちの中からスッと立ち上がった乱菊が、からかうような口調で言った。

「そうだ。聞かれてはまずい話だ。聞いたら娑婆(しゃば)には戻れなくなる」

洒楽斎は冗談めかしてそう言ったが、町方同心の杉崎の姿を見れば、勘のよい乱菊が話の内容を察しないはずはない。

「いや。乱菊さんは残ってください」

娘たちと一緒に部屋を出ようとした乱菊を、杉崎同心はなぜか慌てて引き留めた。

「じつは乱菊さんにお願いしたいことがあって、こうしてわざわざ伺ったのです」

杉崎は殺された実香瑠の人相描きと、特徴を書き連ねた手配書を作って、江戸中の町方たちに聞き込みを委ねていたのだという。

「あの夜、たまたま番所に居合わせたのが運の尽き、殺された女の身元も分からねえとあっては、町方同心としての沽券に関わります。たまたま上手な絵師がおりましてね。女を検死するとき同行させ、遺骸の顔を描かせたので、仏と生き写しの似顔絵が出来ました。これを浮世絵の版元に頼んで版木を起こし、増刷りした人相書きを江戸中の岡っ引きに配って、この女を見かけなかったか、と聞き込みをさせたわけです」

「それはまた、大がかりなことを」

呆れたように洒楽斎は言った。

「そうかもしれません。しかし女の身元が分からなければ、殺された仏が浮かばれないと思うのです」

「しかし、そのようなやり方は、失礼だが町方同心の権限を越えてはおりませんかな。もしこれがおおやけになったら、杉崎どのが処分されることにもなりかねませんぞ」

「むろんそれも承知のこと。下手人も被害者も身元が知れず、このまま迷宮入りになってしまったら、町方同心としての矜持が保てません」

いつも愛想がよく、人の好さそうな杉崎が、意外にも気骨のあるところを見せてくれたわけだ。

しかし、このことを上村逸馬に聞かれなくてよかった、と洒楽斎は胸を撫でおろした。

姉思いの上村逸馬が、遺骸を写した人相書きを、江戸中の目明したちにばら撒いたことを知ったら、罪もなく殺された姉の実香瑠を、死んだ後までも晒し者にするつもりか、と激怒して、町方同心に斬りつけないともかぎらない。

「なかなか手掛かりが摑めませんでしたが、あの女がさる大名の江戸屋敷に仕える、奥女中であるというところまで漕ぎつけました。数人の証人が出ましたので、間違いないことだと思います」

「よくぞ分かりましたな」

「それと言うのも、殺された女が美形であったからでしょう。人相書きを見せると、浮世絵の女より美人だぜ、と男どもが寄ってきて、その中には、どうしても思い出せねえが、これと似た女をどこかで見たことがある、と騒ぎ出す奴もいた。どれどれと、人相書きの周りに男たちが集まり、そのあとは芋づる式に証人が現れて、女の身元が判明したわけです」

「どこの、なんという藩の江戸屋敷ですか」

「信州の諏訪です。諏訪の高島藩の江戸屋敷です」

諏訪は知っているが、高島藩にはなじみがない。諏訪藩とも呼ばれる。

「諏訪湖に突き出していた高島に築城され、諏訪の浮き城と呼ばれる難攻不落の城を持つ、わずか三万石という小藩ですが、町方同心の手で、これ以上のことを調べることは出来ません。調べはここで行き詰って、犯人の見当も付かなくなりました」

大名屋敷の取り調べは、町奉行所の管轄ではない。

大目付の役目は大名家の違約取り調べにあるが、幕政の機密に関わることに限られていて、殺された女の身元調べなどするはずはない。

大名や旗本の屋敷には、町奉行所が立ち入れないので、落ちぶれた旗本屋敷は、禁制の賭博場に利用されたり、犯罪者が逃げ込むには絶好の穴場と言われている。

「われら町方の者は、いつも悔しい思いをしているのです。大名屋敷や旗本屋敷で起こった事件には手も足も出せず、いつも迷宮入りとなってもみ消されてしまいます」

杉崎は真顔になって乱菊を見た。

「そこでお願いと申すのは、危険極まりないことは分かっているが、乱菊さんに諏訪藩の江戸屋敷に入って、殺された女の身元を調べ、殺された理由を聞き出してもらいたいのです」

杉崎の頼みを聞いて驚いたのは、乱菊よりも洒楽斎のほうだった。

「何を言われるか。大名屋敷には町方の手が及ばない、と申したばかりではないか。乱菊一人で乗り込んで、密偵（みってい）じみたことをさせても、もし事が顕われたとき、救出することも出来ぬではないか。そのような申し入れ、断じて受けることは出来ぬ」

洒楽斎が憤然として断ると、杉崎は哀願するように乱菊を見て、

「あなた以外には、お願い出来るお人がいないのです。あの事件以来、先生とは馴染みになって、道場にも立ち寄らせてもらうようになりましたが、師範代として門弟たちに稽古をつけておられる、乱菊さんのお姿も拝見しました。乱舞と申される剣技のほどは知りません。しかし門弟衆を相手に、立ち回りの足捌きを教えている立ち居振る舞いを見ても、実際に竹刀を取って、門弟衆に稽古をつけるときの俊敏（しゅんびん）さを見ても、並みの男どもが数人かかっても、切り抜ける腕はお持ちのようです。もし危険が迫っても、屋敷の外まで逃れ出ていただきたい。門の外はわれわれ町方の管轄です。常に見張っておりますのでご心配なく」

杉崎はめずらしく一気に喋ると、乱菊の反応いかに、と見守っている。

さらに続けて、

「諏訪藩の江戸屋敷では、奥女中を殺されて、女手が足りなくなっているでしょう。新しく奥女中を求めようと、捜しているに違いありません。しかし条件が難しくて、簡単に後任が見つかるとは思えません。まず第一に美人であること。これは殺された女の容貌を見ても分かります。これは雇い手の好みと言ってもよいでしょう。そして奥女中としての品位と教養のある女性であること。これは促成(そくせい)では覚束(おぼつか)ない。この部屋には漢籍や和書が充満しています。聞くところによれば、乱菊さんは出入り自由が許されて、漢籍は知りませんが、和書を借り出して読まれているということですね。奥女中のたしなみとしては十分でしょう。さらにこの道場では、町娘の入門者も多く、乱菊さんは茶道や華道だけではなく、女らしくしなやかな挙措動作(きょそどうさ)、いわゆる躾(しつけ)も教えておられると聞いています。これほど条件の揃っているお人は、いくら他を捜しても見当たりません」

洒楽斎は苛々として、

「町方の悔しさは分からぬでもないが、おぬしたちの矜持のために、乱菊を利用しようという魂胆(こんたん)が気に食わぬ。ここは諦めてもらおう」

杉崎を追い出しにかかったが、

「待って」

と言って乱菊が洒楽斎を押しとどめ、

「あたしはもう三十に手が届きそうな姥桜よ。殺された方は二十歳前後でしょう。とても代役は務まりませんわ」

乱菊が反応したことに気をよくして、杉崎はもう一息と声を励まし、

「何をおっしゃる。乱菊さんほどの美形なら、年齢など気にする者はいませんよ。大名屋敷に勤めるとなれば、確かな身元が必要です。しかるべきお武家の養女となって、堂々と乗り込んでゆくべきです。わたしに心当たりがないこともない。さっそく手配をいたしましょうか」

とうとう洒楽斎が怒り出した。

「図々しいことを言う男だ。乱菊とは関わりのない事件に、どうして巻き込もうとしておるのだ。今後は道場への立ち入りもお断りする。いますぐ出て行ってもらおうか」

すると乱菊は笑顔になって、

「あたし、やってみるわ。殺された女の人の話を聞いたとき、遣り切れない思いで居

たたまれないほど苦しくなったの。だって、その人の遺骸は俵詰めにされて、投げ込み寺の墓穴に、放り込まれたということでしょ。ひどい仕打ち。あの人が悔しかったのは、町方奉行所の比ではないわよ。でも町方同心の杉崎さまが、迷宮入りを悔しがって、殺した相手を捜し出し、裁きにかけようと頑張っていらっしゃる。あたし協力します。殺された人の無念を晴らしてあげたい。あたしだって女ですもの。死後も苦しんでいる女の魂を、見捨てることなんて出来ないわ」

決然と言い放つ乱菊の気迫に圧倒されて、あれほど反対していた洒楽斎も黙り込んでしまった。

「しかし」

洒楽斎はおずおずと口を開いた。

「いまの乱菊は、天然流道場の師範代じゃ。乱菊がいなくなったら、この道場を閉めなければならなくなる。後をどうするつもりなのだ」

洒楽斎が毎日道場に出て、門弟たちに稽古をつけなければならないだろう。

そうなれば、奥座敷で漢籍に親しむという道楽も、当分の間はお預けになるわけだ。

「大丈夫よ。たぶん明日あたり、猿川市之丞が帰ってくるはずよ。町娘たちのお相手も、市之丞さんなら喜んで引き受けてくれると思うわ。女のあたしが師範代になったことを嫌って、顔を見せなくなった門弟たちも帰ってきて、道場にはこれまで以上の活気が戻る。何もかも結構ずくめじゃありませんか」

乱菊は腹を決めたようだった。

「しかし、養女の件が簡単にゆくとは思えない。もし困ったときには、尾張屋吉右衛門に身元引受人を頼んだらいい。蔵前の札差だから大名屋敷の信用も厚い」

町方同心の杉崎は喜んで、感激のあまり、

「ありがとう。ありがとう」

と言って、思わず乱菊の手を握ろうとしたが、ハッとその不躾さに気がついて、伸ばしかけた手を神妙に膝の上へ戻した。

四

猿川市之丞が遠い旅から帰ってきた。

乱菊が予言した日より一日遅れたが、旅先で苦労しているのではないか、思わぬ危難に巻き込まれたのではないか、と心配していたことが阿保(あほ)らしくなるほど、肌の色つやもよくなり、顔も晴れ晴れとしているようで、気のせいか若返ったように見えた。

「だいぶ手間取りましたが、それだけの成果はありましたぜ」

市之丞は機嫌がよかった。

出かけるとき約束した予定の日より、倍の日数が掛かっているのに、悪びれるどころか得意そうな顔をしている。

「ほんとうは、昨日には帰っているはずでしたが、行きがけには先を急いで、見落としてしまった甲斐の名勝、昇仙峡や猿橋を、帰りがけにはゆっくりと、見物しながら来ましたので、戻るのが今日になってしまいました」

それでは先読みのお菊の勘は当たっていたのだ、と思って洒楽斎はひとりほくそ笑んだ。

乱菊は不思議な嗅覚を持っている。

あらかじめ危険を察知したり、心の底までも見抜いてしまう洞察力だ。

そのため大人たちからは嫌われて、乱菊は他者との違和に苦しんできたが、たまたま洒楽斎に見出され、それこそが天然、それこそが武器、と褒められるまで、みずからの存在を忌み嫌うという最大の不幸に、取り憑かれていたと言ってよい。

乱菊は諏訪藩江戸屋敷に潜入しても、無事に生還出来ると予見しているのだろう。

ならば安心して、乱菊の思うがままに任せればよい、と洒楽斎は毛羽だっていた気を鎮めて、市之丞の帰還祝いと、乱菊の門出を兼ねて、みんなで快く飲み明かそうと、ささやかな宴席を用意していたのだ。

　宴席と言っても、目刺の炙り焼きと、辛子味噌の摘まみ、酒屋から買ってきた二升徳利の冷酒だが、それを回し飲みにして茶碗酒を呷れば、この顔合わせだとすぐに楽しい宴席に早変わりする。

　つまり、いつもと変わらない質素な飲み会だが、この顔ぶれが一堂に揃ったのは久しぶりのことだった。

　天然流道場の奥座敷には、酒楽斎と津金仙太郎、主賓とも言うべき乱舞の乱菊と猿川市之丞、それとめずらしいことに蔵前の札差、尾張屋吉右衛門の顔もあった。

　酒楽斎が沈んだ顔をしているのを気にして、乱菊はわざと元気な声で言った。

「明日からあたし、芝金杉のお座敷に出るのよ」

　いきなりそう言われた市之丞は、評判が高い乱舞の披露かと勘違いして、

「あのあたりには、乱菊さんを呼ぶほどの、豪勢な料亭があったかな。たしか新堀川を挿んだ増上寺の南側で、大きな屋敷と言えば、松平相模守と諏訪安芸守の大名屋敷があるだけで、あとは増上寺の坊主どもが住む小寺が、ごちゃごちゃと寄り集まっているだけの、面白くもなんともねえ土地柄じゃあなかったかなあ」

乱菊は市之丞の勘違いを面白がって、

「その大名屋敷にお勤めするの」

笑いを抑えるように肩をすくめた。

「なんでまたそんなことに」

旅から帰ったばかりの市之丞には、こちらの事情が呑み込めない。

「斬られた女の身元が分かったのだ。さすがにお上のご威光だな。江戸中の岡っ引きたちが、足を棒のようにして、腕のよい絵師に描かせた似顔絵を頼りに、半月以上にわたって聞き込みに回ったのだ。まあこれは、町方同心杉崎どのが見せた意地と執念だな」

そう言いながらも、洒楽斎の顔に安堵感はなかった。

乱菊はそれを受けて、

「殺されたのはお諏訪さまの奥女中よ。滅多に屋敷の外には出られないお人だから、人相書きの聞き込みも大変だったらしいけど、綺麗な人なので、一目見たら忘れなかったみたいで、証人は後から後から、芋づるを掘り返すように出てきたらしいの。そこであたしが、殺された奥女中の身代わりになって、お座敷に上がることになったの」

諏訪藩邸のある芝金杉から、内藤新宿の投げ込み寺まではかなり離れている。

女を斬ったのは物取りではなく、かなり手練(てだ)れた殺し屋と見られるので、藩の機密を知った奥女中を追って、恐ろしい刺客が放たれたと見たほうがよい。

斬られた女の二の舞を踏みかねない、いやそれ以上に危険な役割なのに、乱菊は露ほども恐れを感じてはいないらしい。

「乱菊が諏訪藩邸の奥女中として住み込む手筈は、すべて町方同心の杉崎どのが整えてくれた。さらに身元引受人として、明日は尾張屋さんに芝金杉まで付き添ってもらう。なあに、心配は要らぬ。諏訪藩邸ではこの尾張屋さんに、数百両という借財があるそうだ。お大名衆の近所付き合いには莫大な金が掛かるらしく、国元にも内緒の借金を蔵前の札差に立て替えてもらっている。表向きは鷹揚(おうよう)な顔をしてふんぞり返っているが、裏に回ると頭が上がらないのが実情らしい。その尾張屋さんが身元引受人となるのだから、乱菊の身を案ずるには及ばない」

「しかし」

事情を聞いた市之丞は驚いて、

「乱菊さんがいなくなったら、天然流の師範代は誰が務めるのですか」

取り敢えずの心配ごとを口にした。

「むろん、いままでどおり、猿川市之丞に決まっておるではないか」

酒楽斎は当然のように言う。

「とんでもねえ。塾頭を差しおいて、あっしが師範席に座るわけにはまいりませんよ。この市之丞は、そもそもの出が甲賀忍びです。乱菊さんがそんな危険なところに乗り込むんなら、明日は芝金杉までお供して、ガキのころから習い覚えた忍びの術で、どんなことがあっても乱菊さんを守り抜いてみせますよ」

長旅の疲れも見せず、ここが腕の見せどころとばかり、市之丞は勢い込んで言い張った。

酒楽斎は思わず苦笑して、

「せっかくのご厚意はかたじけないが、市之丞には道場を守ってもらおう。芝金杉の件は仙太郎に任せたい。市之丞が旅に出たあとで分かったことだが、投げ込み寺の門前で殺された女は、なんと上村逸馬の姉であったのだ。逸馬には甲州訛りがある。市之丞が甲州街道を北へ向かい、甲州訛りをたどって、逸馬の生国を突き止めようとしたのは、迂遠なやり方ではあるが、やはり正しかったのだ」

諏訪から帰ったばかりの市之丞は、疲れを見せるどころか、妙に活気があった。

「しかし、大名屋敷に忍び込むなんて、とても素人衆には無理ですよ。甲賀や伊賀には、古くは飛鳥(あすか)のころから伝わる秘伝があります。いまから見れば眉唾物(まゆつばもの)の秘術ですが、それに特殊な体術が具(そな)わって、初めて忍びの術が完成する。嫌で飛び出した忍びですが、そのころわたしは、甲賀三郎と呼ばれ、甲賀を代表する忍びの名人と言われていたのです」

洒楽斎は片手をあげて市之丞を制した。

「それは言わぬ約束であろう。おぬしが甲賀を捨てた抜け忍と分かれば、また刺客に狙われる日々が始まるのだぞ。おぬしは天然流を会得(えとく)することによって、追われる者としての不安から脱却(だつきやく)した。あのときわしは、忍びであったことを忘れよ、覚えた術も捨てよ、と言ったはずじゃ。また追われる身に逆戻りしたいのか。おぬしは忍びであったおのれの影に追われ、おのれの影に怯(おび)えていただけなのだ。捨てることによって得た平安を、滅多なことで掻き混ぜるようなことをするな」

洒楽斎はめずらしく厳しい口調で、舞い上がりそうな市之丞に叱正(しっせい)を加えた。

「もし乱菊が狙われるとしたら、それは逸馬の姉を殺した残忍な刺客からであろう。女を殺すことを楽しんでいるような、残忍な殺し屋であった。わしはあの晩、深い霧の中で遠方から見ただけに過ぎないが、ただひと突きで心の臓を刺し、不敵な笑いを残して消えて行った、得体が知れない恐ろしい男だ。もう少し早く駆け付けていたら、女は殺されずに済んだのにと、あのときは悔やまれてならなかったが、いまになって考えてみれば、女を救うどころか、わしのほうが斬られていたかもしれぬ、と腹の底から恐ろしくなる。逸馬に聞いたところ、姉の実香瑠は剣の修行も積んだ、かなりの遣い手であったという。ただ一突きで寸分の狂いもなく急所を刺し、絶命させた手口は尋常でない。あの男と対等に渡り合えるのは、わしの知るかぎり仙太郎しかいないのだ」

「そこでわたしが、諏訪藩邸から付かず離れず、乱菊さんを見張ることにしたのです」

仙太郎が初めて口を開いた。

「町方同心の杉崎さまから、捕り方が使う呼子(よびこ)を預かったの。危険を感じたときはこれを吹いて、仙太郎さんに知らせるようにと。屋敷の周りには物売りや乞食(こじき)に姿を変えて、捕り方や目明しが待機していることになっているから、市之丞さんが心配するようなことは何もないの」

すっかりしょげ返ってしまった市之丞を励ますように、乱菊は優しく説明した。

「そうなったら一層、あっしの出番があったのに。旅役者をやっていたころは、よく女形になって舞台を賑わしたものでしたよ。何も危険な大名屋敷に、乱菊さんが行くことはねえ。この市之丞が奥女中に化けて、藩の機密とやらを探り出してみせますぜ」

それを聞いた洒楽斎は思わず噴き出した。

「大名屋敷は歌舞伎舞台じゃない。遠目には美しい奥女中に見えても、近づいてみれば髭の剃り痕もゴリゴリした男面じゃ、たちまち正体が暴露されて、その場でお手打ちに遭うのがいいところだ。やめておけ」

「わたしもそのような方の、身元引受人は請けかねますな」

尾張屋吉右衛門も笑い出した。

「どうも面白くねえ。あっしの居ねえところで、何もかも決められていて、締め出しでも食らったような気分ですぜ。みなさん仲良く役割を決めて、それぞれ張り合いのある顔をなさっているが、あっしだけ仲間外れにされているようで気に食わねえ」

まだぶつくさと言っている市之丞に、洒楽斎は笑いながら応じた。

「何を申すか。市之丞には重要な役割が残されておる。半月ぶりに師範代に戻って、手の掛かる弟子たちをまとめてもらわねばならぬ」

それが嫌で甲州街道の旅に出たのに、また逆戻りか、と思って市之丞は臍を曲げた。

「あなたに代わって、乱菊さんが師範代になってから、町家の娘さんたちの弟子入りが増え、道場がだいぶ華やいできたと伺っております。あの娘さんたちが今後も道場に残るかどうか、ここは市之丞さんのお手際が問われるところではありませんか」

尾張屋吉右衛門は、自称江戸一番の色男にくすぐりを入れた。

「じつは例の上村逸馬と牧野平八郎の二人ですが」

塾頭の津金仙太郎が口をはさんだ。

「いまだに眼に見えない小競り合いが続き、以前にも増して、負けず劣らずの鍔迫(つばぜ)り合いを繰り返しているのです。手を焼いているのかと言われたらそのとおりですが、わたしにはあの二人にはそれがよい刺激となって、剣の腕と気質の練成(れんせい)に、役立っているように思われるのです。二人とも心境の変化があって、あれほど反発していた師範代を、懐かしく思っているらしい。ひょっとしたらあの連中、一皮剝ける時期に入ったのかもしれません。そうなれば、いまが一番大事な時です。伸びるも堕ちるも、いまこの時だと思います。あの連中の面倒を見てゆけるのは、猿川師範代の他にはいないでしょう」

津金仙太郎が真面目な顔をして、不貞腐れている市之丞に諄々(じゅんじゅん)と説いている。

めずらしいことだった。

勝手気ままの天然流を、誰にも気兼ねせず押し通してきた仙太郎が、後輩たちの成長を見つめ、これからどう進めてゆくべきかを考えるようになっている。

　市之丞も仙太郎の話を聞いて、思わずハッと気がつき、初心に返ったような気分になったらしい。

「それぞれの立場が入れ替わった、というわけですかい」

　わが意を得たりと、洒楽斎はおもむろに口を開いた。

「市之丞に残されていた重要な役割とはそれじゃ。ここにいる皆は手分けして、危険な役割を引き受けている。何故このような事態に立ち至ったのか、よく考えてみれば分かるであろう。わしは天然の秘訣を求めて武者修行の旅に出た。そこでたまたま知り合った津金仙太郎と、春夏秋冬を見極める山籠もりの修行に入り、いささか感じるところがあって、夢想のうちに天然流を開眼し、さらに旅を重ねて乱菊と出逢った。乱菊と旅して猿川市之丞とめぐり会い、それぞれが天然流の極意を自得するまで見守ってきた。その他にもさまざまな出会いと別れがあり、なかには尾張屋吉右衛門のように、わしの天然流に共感して、協力を惜しまない人とも知り合えた。しかし天然流の奥義を会得した高弟が、わずか三人だけとはいささか寂しい。新興の内藤新宿で道場を開いたのは、天然流の逸材をさらに増やして、わが流儀を広めたいと思ったからじゃ。それから数年が虚しく過ぎ、やっと入門してきたのが、上村逸馬と牧野平八郎であった。天然の才を秘めている若者たちだが、ふたりともまだそのことに気づいてはおらぬ。誰が彼らを見守ってやるのか。たぶんわしの役目ではない。名を変え芸風も変え、時には性格や体質まで変えて抜け忍となり、屈折した生き方をしてきた市之丞こそ、あの妙に偏屈な厄介者たちに、天然流を自得させるにふさわしい男と見込んで、彼らの指南を任せたのだ。乱菊があぶない橋を渡るのも、仙太郎が不眠不休の護衛を引き受けたのも、逸馬と平八郎が天然を自得するために、邪魔となるものを取り除けておこうと思うからだ。つまり市之丞の役割こそ、この中では一番重いのだ。ここにいる者たちは、労を惜しまない同志たちだ。いずれも市之丞を補佐するために集まってきた。そのことだけは忘れてはならぬぞ」

また先生の長話が始まったと思っても、そのことを口にする者は誰もなく、それぞれ神妙な顔をして、洒楽斎の長談義を聞いている。

せっかく洒楽斎が用意した宴席も、妙にしんみりとしたものになってしまった。

それを気にしたのか、洒楽斎は急にパンパンと手を叩いて、

「それでは今夜の本題に移ろう。長い旅から帰ってきた市之丞の話を聞こうではないか」

一斉に手を拍つ音が響くと、気を取り直した市之丞が、檜舞台にでも立ったような

見得（みえ）を切って、甲州街道の行き詰まり、諏訪で拾ってきた奇妙な話を語りだした。

五

「いやあ、驚いたのなんのって、諏訪に行ったら、わたしが神さまにされて、大きな神社に祭られていたんですよ」

市之丞が諏訪の古老から聞いた昔ばなしとは、あの地方に古くから伝わるという、甲賀三郎の伝説だった。

「わたしは江戸の甲賀町に生まれ、大した氏（うじ）や素性もあるでなし、ただ三郎と呼ばれていただけの下忍ですが、ガキのころから忍びの術が巧みで、いかにも甲賀者らしいということで、誰が言うともなしに、甲賀三郎と呼ばれていた男です」

乱菊はくすくすと笑い出した。

「市之丞さんを祭るなんて、いったいどんな神社なの」

出鼻をくじかれた市之丞は、またつむじを曲げそうになったが、

「祭られているのは旅芸人の市之丞ではなく、甲賀の地頭職（じとうしょく）を継ぎながら、底意地の悪い兄たちの奸計（かんけい）に嵌（は）まり、人穴（ひとあな）に封じ込められた末弟。艱難辛苦（かんなんしんく）を重ねて地底を

彷徨いましたが、美しい姫と結ばれて地上の暮らしを忘れ、十三年も地底の王国で暮らしていたものの、ふとしたことから正気に戻ると、望郷の念は止み難く、蛇体となって地底国を抜け出し、蓼科山の人穴から竜神と化して顕現して、諏訪湖に住み着いたという甲賀三郎ですよ」

「ちょっと待て」

竜神と聞いて、洒楽斎の眼は鋭く光った。

咄嗟に思い浮かべたのは、投げ込み寺の山門前で殺された上村逸馬の姉、実香瑠が言い残した、竜神の髭、という謎めいた言葉だった。

「その話、もう少し詳しく聞かしてはくれぬか」

乱菊はまだ笑いを抑えられず、

「もったいぶらずに教えてよ。市之丞さんが祭られているのは、なんていう名の神社なの」

どうせ淫祠邪教の類ではないかと思っているらしい。

からかわれたと気がついた市之丞は、憤然と胸を張って、

「人も知る諏訪大明神の御本地さ」

「えっ」

「そんな」

「冗談だろ」

驚きとも失笑とも取れる声が上がった。

諏訪神社なら江戸のあちこちにも祭られている。

数多くある摂社や末社の総本社が、諏訪にあることも一応は知っている。

「まさか、市之丞さんが。諏訪大明神の御神体なの」

乱菊は大袈裟に驚いて見せた。

殺された実香瑠の後任として、明日は奥女中に化けて屋敷入りする乱菊が、殺された女と同じ目に遭わないとは限らない。

大名屋敷への潜入が、きわめて危険であることを、ここにいる誰もが分かっている。

いつもと違って、座が湿りがちになるのはそのせいだが、当事者である乱菊が、わざとたわいないことに笑って不安を追いやり、明日への景気づけに皆を笑わそうとしている。

そのけなげさに、強くてやさしい娘だ、と思って洒楽斎は少し涙ぐんだ。

「それにしても、市之丞さんが諏訪大明神とはね」

めずらしく津金仙太郎までが、乱菊に調子を合わせている。

あまりにも荒唐無稽な市之丞の話に、かえって気をそがれたのかもしれなかった。

諏訪大明神という神名は、八幡宮や稲荷大明神、住吉大明神と並んで、津々浦々まで知れ渡っている。

「聞くところによれば、諏訪の神は狩猟を好んで鹿肉を食うという。殺生禁断の戒律を犯して後生を得る。いにしえの信仰が今も続いている恐ろしい神なのだ」

洒楽斎は思わぬところで、日頃の蘊蓄を披露している。

奥座敷の壁を埋めている蔵書の山は、ただの張ったりではなかったようだ。

「諏訪神社に拝幣殿はあるが、神が鎮座する神殿を持たない」

神の在所は広大無辺の自然であって、神殿のようなせせこましい場所に閉じ込めるべきではない、と思われてきたのであろう。

諏訪の御神体は、拝幣殿の奥につづいている守屋山で、拝幣殿は神のお山を遥拝するための、聖なる場所とされている。

御神体を遥拝する聖地として、守屋山麓に、上社前宮、上社本宮が建ち、諏訪湖をはさんで、下社春宮、下社秋宮が建てられ、四柱の古社を併せてお諏訪さまと呼ばれている。

諏訪湖を囲むようにして、四つの拝幣殿が構えられているところを見れば、諏訪の人々に古代から信仰されてきたのは、涸れることなき霊水をたたえた、諏訪湖だったのかもしれない。

「実香瑠が末期に言い残した『竜神の髭』という言葉から、ふと思いついたのだが、竜に関わる見聞は他にはなかったかの」

酒楽斎は市之丞に先を促した。

「それが不思議なほどあるんですよ」

諏訪は三千有余尺の高原に広がる山間の盆地だが、平地のおよそ半分には、透明な神水をたたえた諏訪湖が広がっている。

東に蓼科山と八ヶ岳連峰、西は富士山から繋がる赤石山脈、北は霧ヶ峰と塩尻峠、南はわずかに開けているが甲斐の山々が連なり、八ヶ岳の山麓と西山の裾に囲まれて、諏訪は周囲から孤立している。

したがって大雨が降れば、広大な山麓を流れ下った大量の水は、すべて諏訪湖に集められることになる。

「その水はどうなると思うか」

「諏訪湖から流れ出るたった一本の川が、諏訪の盆地に集められた大量の水を、川下に向かって押し流してゆく勘定になりますな」

尾張屋吉右衛門が頷いた。

「そうそう。山頂から盆地に流れ込む川は網の目のように分岐(ぶんき)して幾筋(いくすじ)もあるが、諏訪湖から流れ出る川筋は、湖尻から流れ落ちる天竜川(てんりゅうがわ)が、たった一本あるだけです」

市之丞が言った。

「かなり暴れ川になると聞いたが、地元ではどう言っておったかな」

「天竜川が流れる出る伊那谷(いなだに)では、天竜の怒りをひどく恐れているようです」

「もしかしたら、甲賀三郎が竜になって、諏訪湖に住み着いたという伝説は、暴れだした天竜川の猛威(もうい)を言っているのかもしれませんね」

津金仙太郎が口をはさんだ。

甲州の津金村で育った仙太郎は、ふだんは水の恵みを与えてくれる天竜川が、暴れだしたら手が付けられないという話を、子どものころに聞いたことがあるのかもしれない。

「竜と諏訪湖の話では、もっと凄いことを聞いてきましたぜ」

市之丞が得意げに付け加えた。

「諏訪湖の御神渡(おみわた)り、ということを聞いたことがありますかい」

「知らないわ。教えて」

乱菊が興味を示した。

明日から諏訪藩邸の奥女中となって、藩内の秘事を調べるには、諏訪のことを知らないではすまされない。

洒楽斎も首をひねって、

「聞いたことはあるが、見たことはない。凄まじい大音響と共に、諏訪湖に張りつめていた氷が炸裂し、西の端から東の端まで、一瞬にして竜神が渡ったような勢いで、裂けた氷が盛り上がり、まるで氷上の道のように、諏訪湖の岸から岸まで繋がるという話だが」

市之丞さんはわが意を得たとばかり、

「そうなんです。じつは甲州道中で道連れになった、嘉右エ門という上諏訪の商人から、もう少しすれば冬になり、諏訪湖の全面に氷が張りつめて、人でも荷車でも氷の上を歩いて、向こう岸まで渡れるようになる、さらに、寒さ極まる明け方には、厚い氷が轟音を響かせて瞬時にして盛り上がり、諏訪の明神様がお渡りになった跡を見ることが出来る。上諏訪の温泉場で湯治するのも結構だが、御神渡りと言われる神変不思議な冬の儀式は、江戸への土産話には何よりですよ、と勧められていたんですが、先生とお約束した期日はとっくに過ぎ、残してきた弟子たちのことも心配になる。諏訪湖に氷が張るまでは、とても待てねえ相談だと、これでも慌てて帰ってきたような次第で」

市之丞はいまごろになって冷や汗をかいている。

「諏訪湖の御神渡りは、竜神が通った跡だと言うのだな」

「諏訪社の拝殿を見てきましたが、いずれの軒柱にも、見事な竜の彫り物があります。東照宮のように金箔こそ貼ってありませんが、精妙な彫りの確かさは、左甚五郎どころの技巧じゃあねえ。竜を彫ったのは、立川和四郎という大工の棟梁だが、あれは後世まで残る見事な彫り物ですぜ」

「そこにもまた竜が関わっているというのか。そうなれば、実香瑠が言い残した竜神とは、諏訪神のことかもしれぬな。しかし竜神の髭とは、何を意味しているのだろう」

「わかりませんな」

尾張屋吉右衛門が言った。

「もし諏訪大明神の御正体が竜でしたら、その彫り物はさぞかし古いのでしょうな」

市之丞は首を左右に振りながら、

「とんでもねえ。いま出来の新しい彫り物で、まだ檜の香りが匂い立つ、活けるがごとき竜神が彫ってありましたよ」

「それでは諏訪の神さまが、竜だという証拠にはならないわね」

呟(つぶや)くような声で乱菊が言った。

「市之丞さんが、神として祭られているという素敵な伝説も、お気の毒だけど、眉唾物かもしれなくてよ」

あれほど市之丞をからかっていた乱菊が、一番がっかりしているようだった。

「いやいや、わたしが神でないことは、初めから分かっていますが、蓼科山の人穴から、甲賀三郎が竜神となって顕現したという伝説は古くからあって、竜神が住むという諏訪湖を囲んで、四つの拝幣殿を構える上社と下社が、諏訪信仰の中心になっているのも、太古の昔から変わらねえということですぜ」

洒楽斎は腕組みをして考え込んだ。

「諏訪信仰の中心になるのは、守屋山を御神体とする『山の信仰』か、それとも竜神が住むという諏訪湖を対象とする『水の信仰』か」

尾張屋吉右衛門も首をひねって、

「水と山。諏訪信仰はどちらから始まったのでしょうね」

　すると乱菊が、明るい声で言い添えた。

「どちらかを選ぶことは、ないのではありませんか。時により流行によって、山の信仰になったり水の信仰になることもあるわよ。しかし守屋山も諏訪湖も、太古から変わらずに諏訪に在ったもので、諏訪信仰がどちらを対象にしているかは、それぞれの時代を生きた人たちが、勝手に選んできたことでしょう。四囲に緑で覆われた山々が聳え、豊かな水に恵まれた諏訪という土地全体が、古代から信仰の対象だったと思ったほうがいいと思うわ」

　市之丞がその後を受けて、

「ここから離れられねえ、ってえのが、足を引っ張っていますな。ひとっ走り諏訪に行ってみれば、すぐに分かることもあるんじゃねえですかい」

　乱菊は、諏訪藩邸に入って機密を探る。

　仙太郎は、昼夜を問わず乱菊を護衛する。

　尾張屋吉右衛門は、乱菊の後見人として、金で片付くことなら暗黙裡に処理してしまう。市之丞は、逸馬と平八郎を見守って、若い二人の暴発を抑える。

　これだけで手一杯だ。

「こうなれば、暇なのは先生しか残っていませんぜ」

市之丞は恨めしそうな顔をして洒楽斎を見た。

「そうだな」

洒落斎が苦笑いを浮かべると、

「待ってください。すべてを見通して、ここという時に判断を下す軍師が居なくては、どこかで潰されてしまいますよ。先生の指示を仰ぎながら、慎重にことを運ぶべきでしょう」

尾張屋吉右衛門が、商人らしからぬことを言って、気のはやる市之丞をたしなめた。

「分かっていますよ。ほんの冗談です。割の合わねえ役を振り当てられた腹いせに、ちょっと先生をからかってみただけのことです」

市之丞はボリボリと頭を掻きながら、悪戯っぽくチョロチョロと舌を出した。

長い旅から帰って来たばかりだから、埃だらけの髷からフケが飛び散った。

「さっさと湯にでも入って、旅の垢を洗い落としてきたほうがいいな。それでは江戸一番の色男も台なしだぞ」

舞い散るフケを避けるように、顔をそむけながら洒楽斎が言った。

六

芝金杉の諏訪藩邸に、乱菊が奥女中として潜り込んだ、という知らせを受けたのは、日暮れに近いころだった。

豪華な駕籠の二丁仕立てで、堂々と大名屋敷に乗り込んだ尾張屋は、乱菊を屋敷に残すと、わざわざ内藤新宿まで寄り道して、洒楽斎に今日の始末を報告した。

もちろん乱菊を送り込んだ女駕籠は、芝金杉の諏訪藩邸から返し、尾張屋は途中から目立たない町籠に乗り換えて、後を付けてくる者がないことを確かめている。

「まあ、よかった」

と言って洒楽斎は吉右衛門の労をねぎらった。

乱菊を送り出したあとは、落ち着かない半日を過ごしたが、ともかく何ごともなくすんだと聞いて胸を撫でおろした。

「どういう手を打ってあったのか存じませんが、江戸屋敷の御用人、渡邊助左衛門さまにはすぐに目通りが許され、愛想よく迎え入れられたようでございます。その後は殿さまにお目通りして、さらに奥方さまのお部屋にも通され、首尾よく奥勤めが叶ったようでございます」

たぶん町方同心の杉崎が、さまざまなツテを頼って、お膳立てしてあったのだろうが、乱菊の身元保証人が、蔵前の札差だったので、藩邸の御用人は大喜びしていたのだろう。

どこの大名家でも江戸屋敷の財政が苦しく、豪商たちの献金でやり繰りしているらしい。

まして山国信州の、三万石という小大名家では、蔵前の札差と俗縁が出来れば、願ったり叶ったりと思っているに違いない。

これでまた、尾張屋吉右衛門に借りが出来たな、と思って洒楽斎は少し憂鬱になった。

「とんでもございません。諏訪さまの江戸屋敷では、財政切り詰めのために、ギリギリの奉公人でやり繰りしているようです。人手の足りないお屋敷に奉公するとなれば、乱菊さんはキリキリ舞いするほどこき使われるに決まっています。なんともお気の毒なことで」

「しかし吉右衛門さん、渡邊という用人には、だいぶ袖の下をはずんだのであろう。いつものことながら、また余計な出費をさせてしまったな」

「いいえ、いいえ。ことがうまく運んだのは、ひとえに乱菊さんの美しさが、ものを言ったからでございますよ。わたしが心配しているのはそちらのほうで。渡邊さまというお方は、舌なめずりするような顔をされて、乱菊さんの姿を上から下まで、穴が開くほど眺めておりましたから、あのお屋敷には、あまり長居をしないほうが身のためではないかと、陰ながら案じているのでございますよ」

尾張屋吉右衛門の見たところ、諏訪藩江戸屋敷で実権を握っているのは、江戸詰めの側用人渡邊助左衛門で、殿さまが国元に帰った後も江戸屋敷に残って、わがもの顔に采配(さいはい)を振っているのだという。

参勤交代で国元と江戸屋敷の間を行き来して、どちらにも腰の据(す)わらない殿さまは、江戸の裏事情に通じている助左衛門の、言いなりになる他はないらしい。

「とんだ手数をかけたが、これで終わったわけではない。もしものときには、尾張屋さんに迷惑が及ぶかもしれぬな」

「それを承知で、先生の創始された天然流に、喜んで肩入れをしているのです。お武家と違ってわたしら商人は、たとえ蓄財したところで、所詮(しょせん)は一代かぎりの分限(ぶんげん)です。あとは野となれ山となれ。下手に遺産など残せば、子孫はそれに頼り切って才覚を失い、たちまち食い潰してしまうでしょう。財物や金銭などへの執着は、いずれも往(おう)

生の妨げになるだけです。稼げるときには大いに稼いで、散るときには思い切って散る。いわば紀伊國屋文左衛門の心意気がなければ、生き馬の目を抜くと言われるこの江戸で、札差などという危ない商売を、出来るものではありませんよ」

その札差をしているお陰で、大名家の内情にも詳しくなり、殿さまや御家来衆の弱みを握っているので、吉右衛門に怖いものなど無いのだという。

諏訪の殿さまは、安芸守忠厚公といわれるお方で、どちらかと言えば病気勝ちで温厚な、さらに言えば優柔不断で、家来たちの言うことにすぐ反応して、周囲に遠慮してか、ご自分の思いを言われることがない、と尾張屋吉右衛門は言った。

「そういう殿さまでは、藩内に派閥が生じ、何か騒動が持ち上がりそうだな」

奥女中の実香瑠が藩邸から脱出し、後を追ってきた刺客に殺されたのは、藩内の騒動に関わっているからではないのか、と洒楽斎は思っている。

それが何なのか、いまはまだ見えてこない。

「諏訪藩邸の周辺には、目明しや捕り方たちを配置してある、と町方同心の杉崎どのは言われるが、ほんとうに大丈夫なのであろうか」

「それを確かめようと、わたしも諏訪藩邸の周辺に、眼を配っていましたが、どうもそれらしい人影は見当たりませんでした」

吉右衛門は心配そうに眉をひそめた。

「そうなれば、不幸にも追われる身となった乱菊を、助け出すことが出来るのは、仙太郎ひとりということになる。六千坪という拝領屋敷を、いくら仙太郎であろうとも、たった一人で守り抜くことなど出来るはずはない。仕方がない。道場は師範代の市之丞に任せて、わしが行こう」

洒楽斎は急に忙し気な表情になると、常に手元から離さない備前長船祐定(びぜんおさふねすけさだ)の太刀を、鷲づかみにして立ち上がった。

「わたしも参りましょう」

続いて立ち上がろうとした吉右衛門を、しばし待てと押しとどめ、

「おぬしは蔵前の尾張屋に戻るがよい。もしものときに後詰めがなくては、安心して事に当たることは出来ぬ。師範代の市之丞ひとりに、その任を押し付けるのは気の毒だ。冷静な判断を下せる尾張屋さんに、後方支援をしてもらえたら有難い。しかしそうなればまた、金の力を借りることになりそうだが」

洒楽斎は照れ隠しのように、声に出してゲタゲタと笑った。

「市之丞。わしはちょっと出かけてくる」

道場に回って声をかけると、それだけですべてを察した師範代が、深く頷いて洒楽

斎を送り出した。

並んで見送る尾張屋吉右衛門に、

「先生は妙に張り切っておられるようですね」

苦笑を浮かべながら市之丞は言った。

「まあ、乱菊さんのことですから」

今夜は何も起こらないとは思いますが、先生の気が済むようにさせてあげましょう、と吉右衛門も苦笑しながら相槌を打った。

七

洒楽斎が芝金杉に着くころは、釣瓶落(つるべお)としに日は暮れて、晩秋の冷たい風が、細かな土煙を巻き上げながら、気まぐれのように吹き抜けていった。

季節はすでに晩秋で、黄ばんだ枯れ葉もほとんど枝を離れ、裸木となった街路樹が、夕闇をさらに深くして、寒々とした影を落としている。

諏訪藩邸沿いの街路に人影はなく、隣接する西応寺町(さいおうじちょう)にも人らしい姿はまばらだった。

白い煙が立ち上っているのは、闇の中で夕餉を炊いているのだろうか。

夕餉も食べず先を急いだことを思い出して、にわかに空腹を覚えたが、諏訪藩邸の裏手に回ると、運よく夜鳴き蕎麦の屋台が出ていて、暖かそうな白い湯気が立ち上っていた。

酒楽斎は懐を探って、寛永通宝の十六文を取り出すと、蕎麦屋の親父に差し出した。

すると蕎麦屋はにやりと笑って、ご苦労さまです、と挨拶した。

「冷え込みますな」

と言うところを見れば、酒楽斎は知らなくとも、蕎麦屋の親父には、こちらが誰なのか分かっているらしい。

不気味な奴だな、と思いながら、熱い蕎麦の食感を楽しんでいると、

「先生も来られたんですか」

と背後からいきなり声をかけられた。

「仙太郎か」

酒楽斎が驚いてふり返ると、仙太郎が苦笑いを浮かべながら立っていた。

「あまり目立った動きをなされては困ります。町方同心の杉崎どのも、そう申してお

られましたよ」

「まあ、そう言わずに、一緒に蕎麦でも食わぬか。夜も冷え込んできた。身体も温まるぞ」

「そういうことではないのですが」

と言って、仙太郎はもじもじとしていたが、

「蕎麦を召し上がったら、急いでお帰りください。はっきり申し上げると、先生のなさっていることは、わたしたちの邪魔になるだけなんです」

すると蕎麦屋の親爺は、手拭いの頰かぶりを解いて、

「われらが屋敷を見張っているように、屋敷からわれらは見張られているのです」

蕎麦屋の親爺に化けているが、この男も捕り手の一人らしい。

町方同心の杉崎は、意外に抜かりなく、鉄壁の陣を布いているようだった。

「もしも外部の動きに不審を持たれたら、真っ先に疑われるのは、奥女中に化けて屋敷内に潜入している乱菊さんです。たとえ藩邸内で何が起こったとしても、われら町方には手も足も出せないのです」

仙太郎はいつになく精悍な顔になっている。

「そうなったら、わたしは藩邸に斬り込んで、乱菊さんを救出するつもりですが、出

来るだけ事を荒立てないようにしたいのです」

酒楽斎の出る幕はなさそうだった。

数日して、乱菊から投げ文が届いた。

あらかじめ示し合わせていたらしく、夜泣き蕎麦屋が諏訪藩邸の白壁に沿って屋台を引いてゆくと、白い煙と蕎麦汁の香りめがけて、屋敷内から石礫が飛んできた。

蕎麦屋の親爺に化けていた捕り手は、素手で礫を受け止めると、さりげない顔をしてその場を離れ、客を装って屋台に近づいてきた捕り手の一人に、紙で包まれた礫を手渡した。

それは数人の手を経て、町方同心杉崎のもとに届けられた。

礫を包んでいた紙を解くと、乱菊が書いたと思われる密書だった。

杉崎はしわくちゃになった紙片を持って、すぐに内藤新宿の酒楽斎を訪ねてきた。

「乱菊さんからの第一報です」

得意げな顔をして、杉崎は言った。

酒楽斎は押し黙ったまま紙片を広げた。

乱菊は漢字を知らないので、密書は蔓草が這うような女文字で書かれている。

「さすがにお茶やお花を教えておられる乱菊さんです。いかにも水茎の滴るような、みごとな書体ですなあ」

乱菊は漢籍を学んだことがないので漢字を知らず、くねくねした女文字しか書けないのに、杉崎にはそれが美しい文字と見えるらしい。

八

洒楽斎は紙片の皺を丁寧に伸ばして、決死の思いで書いたと思われる、乱菊の投げ文を読んだ。

そこには実香瑠の遺言、竜神の髭に関わることが、書かれているはずだった。

投げ文は細かな文字で、改行も隙間もなく、紙面に収まり切れないほど、ビッシリと綴られている。

諏訪には藩政を二分する派閥があって、両派はピリピリとした水面下の争いを、長年にわたって続けているようです、と乱菊は書いている。

仙太郎さんが予想したように、上村逸馬と牧野平八郎は、激しく対立する両派の指示を受けて、江戸表に送り込まれた先兵と見て間違いはないと思われる、とも書いている。

つまり逸馬と平八郎の、わけの分からない鍔迫り合いは、藩を二分する派閥争いに起因していると見てよいだろう。

二つの派閥は、諏訪の藩政を担当する二人の有力者、すなわち由緒も石高もまったく同格と言われる二人の家老、諏訪大助と千野兵庫の政権争いが、ほとんどの藩士たちを巻き込んでしまった結果として生れたものだった。

単純に言えば、保守と革新という気風が、諏訪家老と千野家老の勢力が入れ替わるごとに、政策の違いとなって藩政に反映してきたのだ。

両者の確執はいまに始まったことではなく、百年のあいだ続いた乱世が終わって、諏訪（高島）藩が成立した当初から、諏訪家老と千野家老の政策の違いは対照的で、

いまや沸点に達しつつある派閥争いには、かなり根の深い因縁があるらしい。

そもそも諏訪の殿さまの遠祖は、遠い神話の時代から始まる古い氏族だった。

伝説とも神話ともつかない物語から、諏訪信仰は始まっていると言ってよい。

諏訪信仰では最高位の神職を大祝と言う。

大祝は姿なき諏訪大明神が、その姿を借りて顕現された生き神さまと言われている。

諏訪大祝家の始祖とされる有員が、まだ七歳の童子だったとき、かたちなき精霊として信仰されていた諏訪大明神が憑依して、

「われにかたち無し、大祝をもってかたちをなす」

という託宣を受け、有員を始祖とする神氏の直系が、生き神さまとして諏訪社の大祝職を継承してきた。

諏訪の殿さまは神氏の直系で、坂上田村麻呂が征夷大将軍に任じられ、蝦夷地に軍勢を送り込んだ時代から、この一族は弓馬の道に勝れた武人たちを輩出している。

武士の世となった鎌倉・室町期に、諏訪大明神は武神として信仰され、諏訪信仰は全国各地に伝わったが、戦国時代には上社と下社の争いもあって勢力をそがれ、甲斐の武田信玄によって神氏の直系は滅ぼされた。

信玄に殺されたのは、戦国大名化した諏訪頼重だが、大祝として神職にあった頼重の叔父、諏訪満隣によって神氏の血統はかろうじて保たれた。

武田勝頼を滅ぼした織田信長が、明智光秀に殺された直後の動乱に乗じて、満隣の子頼忠が、同族の千野一族に擁されて兵を挙げ、始祖有員のころから統治してきた諏訪の地を奪還する。

旧領を回復した頼忠は意気軒高、諏訪圏の自立を図って、攻め寄せて来た徳川や北条の軍勢と戦ってこれを退けたが、やがて世の帰趨を知り、徳川家康に属することで本領を安堵した。

羽柴秀吉は二十数万という大軍を動かし、関東に根を張った小田原北条氏を滅ぼすと、家康は根拠地の三河から、北条氏が支配してきた関東に領土替えとなり、徳川譜代となった頼忠は、泣く泣く父祖の地を捨てて関東に移封した。

関ケ原合戦の翌年、頼忠の嫡子頼水は、天下を掌握した徳川家康の認可を得て、念願の諏訪領に復帰した。

武田信玄によって諏訪頼重が滅ぼされた天文十一年から、諏訪頼水が旧領に復帰した慶長六年まで、およそ六十年の間、頼忠による諏訪領の奪還があったとはいえ、世は乱れに乱れ、信州は武田信玄、織田信長、北条氏康、徳川家康の草刈り場となって、短命に終わる小領主が乱立し、諏訪には領民が認める正統の領主が不在だった。かつて豊かだった水田や耕地は、人手を離れると荒れに荒れて、茫々たる原野に戻った地域も多かったらしい。

諏訪に戻った頼水の藩政は、まず荒れた田畑の復旧と、新田開発に始まった。

何々新田という地名が、諏訪地方に多く見られるのは、この時期に開墾された荒れ地が多かったからだ。

さらに頼水は神氏の血を引く正統として、思い切った英断を下した。

それは八ヶ岳の裾野に、神の狩場として、何びとの立ち入りも許されなかった広大な神野の、新たなる開墾を許したことだった。

　これは神の子孫だから出来たことで、それまでの神野は、諏訪大明神の神罰を恐れて、誰一人として手を加えることのなかった聖なる地だった。

　じつは、二人の家老、諏訪大助と千野兵庫の争いは、長いこと足の踏み入れを許されなかった神の狩場、諏訪信仰の根源につながる聖なる場所「神野」に、開墾を許したときから始まっている。

　諏訪大助の先祖となる頼雄は初代藩主頼水の弟、神祖以来の禁断の地に鍬を入れることに積極的で、千野兵庫の先祖は、戦いで荒廃した村落に、逃散した百姓たちを呼び戻し、荒れた地を豊穣の地として復活させることに力を注いだという。

　諏訪盆地の真ん中には諏訪湖があり、四囲に山岳が迫っているので、諏訪地方は耕地が狭く、人家は諏訪湖の満水を避けて、村落は山寄りに密集していた。

　そのため諏訪の藩領はわずか三万石だが、頼水が故地に戻ってから、旧領を復活し、新田開発に努めてきたので、実禄は五万石以上と言われている。

「ところで竜の髭とは」

　と書きかけたところから、投げ文の紙片は引き裂かれていた。

　これは乱菊が引き千切ったのか、それとも藩邸の、何者かによって引き裂かれてしまったのか。

いずれにしても不吉な予感がする。

ここまで読んできた洒楽斎は、書きかけた文面が中絶されているのを見ると、たちまち顔面が蒼白になった。

「この投げ文が届けられたのは、いつのことであろうか」

洒楽斎は厳しい顔をして町方同心に訊いた。

「たしか小半刻(こはんとき)(三十分)ほど前かと思われます。わたしは諏訪の地理に暗いため判読に苦しみ、先生にお見せするのが先決と思い、急いで持参しましたから、それほど前のことではないはずです」

「わしが知りたかった肝心なところから、文書が引き裂かれているのが気にかかる。乱菊は危ない目に遭っているのかもしれぬ」

洒楽斎は道場に出ている市之丞を呼んで、乱菊が書いた投げ文を見せた。

「こいつはあぶねえ。乱菊さんは、かなり無理をしているに違いねえ。短い間にこれだけのことを聞き出したりしたら、疑われねえほうがおかしいというものです。だから素人は困るんだ。無理して疑われたら、疑われたら、縛り上げられて殺されるか。拷問にかけて泥を吐かそうとするか。いずれにしても、ただで済むことではありません。やっぱりわたしが行くべきでした」

　それを聞いて杉崎はおろおろした。

「町方同心の意地にかけて、殺された女の身元を洗うため、大名屋敷を調べようとしたのが間違いであったかもしれません。もし乱菊さんの身に何かあったら、なんとお詫びしても、取り返しのつかないことに」

　そこまで言いかけた杉崎を、無理やり外に押しやるようにして、

「ごたくを並べている場合ではありませんぜ。早く捕り方たちを手配して、乱菊さんを助け出すことが先決です。乱菊さんという生き証人がいれば、投げ込み寺の女殺しも立証出来ます。大名屋敷の邸内まで、町方役人は踏み込めずとも、殺し屋が一歩でも邸内を出てしまえば、そこは町奉行所の領域だ。逃げる乱菊さんを追って、抜き身の刀なんか振り回していれば、捕縛（ほばく）するにも道理がかなっている。そこでごたごた揉めるようなら、町方同心の意地でも張りでも見せてやればいい」

　それもそうだと頷いて、町方同心の杉崎は、捕り手や目明しを集めるために、尻をからげて走り去った。

「さて、町方同心を追い出すために、少し脅してみたのですが、乱菊さんはたぶん大丈夫だと思いますよ。あの人が簡単に見破られるようなヘマをするはずはねえ。あっ

しは諏訪に旅をして思ったのですがね、たぶん乱菊さんが聞き出したことは、向こうからペラペラと喋ったことかもしれません。ふだんは無口で愛想なく見えますが、ひとたび心を許した相手には、ペラペラと際限もなく喋るのがあの土地に住む連中の特徴です。冬場には渋茶と野沢菜着けをサカナに、赤く燃えている囲炉裏を囲んで一晩中休むことなく、明け方まで喋り続けるという話もよく聞きます。たぶん乱菊さんは、あの容姿や体捌きの優美さから奥方さまに気に入られ、つれづれの話し相手を勤めているので、滅多に人に知られることのない、諏訪藩の実情まで知ることが出来たのです」

市之丞は、洒楽斎を安心させるためにそう言ったのだが、実香瑠を殺した刺客が諏訪藩邸の飼い犬だとしたら、いつまでも長居することは危険だと思っている。

「やはり、あっしが行って参ります。たとえ乱菊さんが怪しまれたとしても、身元引受人が蔵前の札差となれば、女間者を殺して不安を残すよりも、乱菊さんを人質に取って尾張屋さんを脅迫するほうが、よほど実入りがいいと、悪人ならきっと考えるはずです。これまで聞いた話をまとめてみれば、諏訪藩の江戸屋敷は、どうやら悪人どもの巣窟のように思われます。あっしはむしろそうであってくれることを願っていますがね。悪人なら利害の伴わねえことはしねえと思います。乱菊さんが疑われてたとえ捕まっても、殺してしまえば何の取り分もなくなる。あるいは尾張屋さんからより多くの金をゆすり取るためには、人質を疵ものにはしないと思いますよ。もし相手が善人だとしたら、乱菊さんは疑われても殺すほどの罪ではない。せめて監禁されるくらいで済みますね」

言いながらも市之丞は素早く手を動かし、普段着の下に忍び装束を着込んでいた。

「いよいよ甲賀三郎の出番です。乱菊さんは地下牢に押し籠められているのか、荒縄で縛られているのかは分かりませんが、大名屋敷の邸内に忍び込んで助け出すには、ガキのころから身に着けた忍びの術が役に立ちます」

言い終わると、市之丞は飄然として外に出た。

いつもどおりのふらふら歩きと見えたが、それはただの見せかけで、市之丞は甲賀三郎の本性を取り戻したかのように、風塵を巻き上げて疾走しているらしかった。

甲賀三郎は竜神に変じたか。

しかしあの竜神には髭がない、と思って洒楽斎はわずかに苦笑した。

はやく乱菊を救出して、その後に続く言葉を聞かなければならない。

洒楽斎も身支度を整えていた。

腰に備前長船祐定を帯び、羽織の下に鎖帷子を着込み、皮足袋を履いて足拵え確かに、いつでも闘える準備を整えている。

この感触には覚えがある、と洒楽斎は突然に思い出した。

まだ若い、逸馬や平八郎より若かったころの記憶だ。

とうに葬(ほうむ)ったはずの思いが、いきなり蘇ったことに、洒楽斎は驚きを覚えた。

あのころと同じことをしているわけではない。

いきなり蘇った感触は、鎖帷子を身に着けたときのものだろうか。

それを振り捨てるようにして、洒楽斎は思った。

待っておれ。

乱菊よ、わしが駆け付けるまで待っておれ。

不意に蘇ったのは、若き日の思いかもしれなかった。

第四章　闇に舞う白い影

一

沖合から吹き寄せる風が、潮の匂いを運んできた。

すでに夜は更けて底冷えがする。

しかし内藤新宿から、駆け通しに駆けてきた洒楽斎は、全身が汗みずくになっていた。

羽織を脱いで風を通したいところだが、下に着込んでいる鎖帷子を見られたら、面倒なことになる。

そのうえ番屋を避けて、間道(かんどう)を脱(ぬ)けて来たので、だいぶ遠回りをしたらしい。

長年鍛えてきたはずの身体が、思うように動かないのがもどかしかった。

将軍家の菩提寺増上寺の西を抜けて、新堀川に掛かる赤羽橋を渡り、流れに沿って河口へ向かうと、将監橋(しょうげんばし)の袂に諏訪藩上屋敷がある。

普段から人通りは少ないが、夜になると灯火も消え、ひたひたと打ち寄せる波の音だけが聞こえてくる。

急に潮の匂いが濃くなった。

諏訪藩邸の裏手には町家が広がっているので、暮らしの匂いがないわけではない。

しかし海辺に近い下町に、内藤新宿のような雑駁(ざっぱく)な賑わいはなく、まだ宵の口なのに、寝静まっているような静けさがあった。

さて、どうしたものか、と洒楽斎は思った。

町方同心の杉崎に、乱菊を救出するための捕り方を手配するように言っておいたにもかかわらず、あたりには人っ子ひとり見当たらない。

今夜にかぎって夜鳴き蕎麦の屋台も出ていない。

勢い込んで駆け付けた洒楽斎は、空気が抜けた風船のようになって、諏訪藩邸の門前に立ち尽くしてしまった。

邸内にも人の気配がないところを見れば、乱菊はすでに成敗(せいばい)されてしまったのか。

それとも疑われることなく、これまでどおりの奥女中勤めを、素知らぬ顔をして続けているというのだろうか。

天然流の師範代を勤める乱菊は、おいそれと成敗されるような、やわな女ではない、と洒楽斎は思っている。

もし奥女中に化けた乱菊が、女間者（かんじゃ）と見破られて危機に陥れば、杉崎から渡された呼子を吹いて、仙太郎の助けを求めるはずだし、そうなれば護衛役の仙太郎は、冠木（かぶき）門（もん）を踏み破って邸内に押し入り、いまごろは大騒動を引き起こしているはずだった。

いずれにしても、屋敷の内が静かすぎるのが気になって、洒楽斎は土塀に沿って潮風が吹き通う裏小路を南に出た。

潮の匂いはさらに濃くなって、岸辺に打ち寄せる波の音も近づいてきた。

すると、波の音に乗って黒い影が近づき、そのまま真っ直ぐに歩いてくださいと、言ったまま、すれ違うようにして姿を消した。

それは人の声ではなく、絶え間なく打ち寄せる、波の音なのかもしれなかった。

闇の底が少し明るんでいる場所に出た。

見覚えのある提灯には、癖の強い筆で十六文と書いてある。

提灯の暗い光の下で、にやにやと笑って洒楽斎を見ているのは、つい先日も諏訪藩邸の脇で、夜鳴き蕎麦の屋台を引いていた、捕り手の親爺に違いなかった。

「今夜は特別に冷え込みますな。熱いお蕎麦はいかがですかな」

愛想よく呼びかけたのは、洒楽斎に伝えたいことがあるからと思われる。

「そいつは助かる」

洒楽斎も客を装って屋台に近づくと、蕎麦屋の親爺に目配せして、ここで話しても大丈夫かと確かめた。

親爺が呑気そうに蕎麦を湯掻いているところを見れば、今夜の捕り物騒動はなかったらしい。

「大丈夫です。天然流の師範代が、いま邸内に忍び込んで、ようすをうかがっているところです。あまり目立った動きは控えてくだせえ。もうすぐ知らせが届くでしょう」

すると、杉崎が手配したはずの捕り方たちは、目立たないように気を配って、暗闇のどこかに潜み隠れているのだろうか。

「ここには杉崎どのも居られるのか」

洒楽斎が言い終わらないうちに、

「おりますとも」

いきなり背後から町方同心杉崎の声がして、

「大先生のお越しとは恐れ入ります。当初の手筈とは違って、捕り手たちを闇に散らし、目立たないように配置しておりますので、警備のほどはご心配なく」

にこにこと笑っているところを見れば、乱菊の身にまだ不祥事は起こっていないらしい。

「わしの来たことが、よく分かったな」

なぜここに、夜鳴き蕎麦屋の屋台があり、しかも洒楽斎が立ち寄ることを予想したかのように、町方同心の杉崎が、忽然と現れることになったのか。

「先ほど、道を知らせた者がいたはずです。その者の知らせで、先生がここに現れることは、先刻分かっておりましたから」

杉崎は得意そうに説明した。

それでは、波の音かもしれないと思ったほど印象の薄い声で、洒楽斎の耳元に囁いたのは、杉崎が手配した捕り方のひとりだったのか。

洒楽斎の姿を発見した捕り方が、波の音に擬した囁き声を使って、蕎麦屋の屋台まで導き寄せたということらしい。

「夜鳴き蕎麦の屋台は、闇の中に身を潜めている捕り方たちの目印です。いまも闇の中から、提灯の火を見ている複数の眼があるはずです。蕎麦屋の提灯を頼りにして、われらは閉ざされた暗闇の中にあっても、お互いの位置関係を知ることが出来るのです」

　剣術は苦手だと言っていた町方同心の杉崎が、そこまで巧妙な手配りをしているとは、正直のところ洒楽斎には意外だった。

「なるほど、蕎麦提灯の陣立か。町方の捕り手もなかなかやるものじゃな」

　洒楽斎に褒められて、杉崎は照れくさそうに頭を掻いた。

「つい先ほど、師範代の猿川どのが参られて、これではまずい、すぐに陣立を変えるべきだ、と申されました。屋敷を取り囲むように捕り手を配備して、諏訪藩を威嚇するような布陣をすれば、新しく奥女中に入った乱菊さんが、真っ先に疑われてしまう。邸内のようすが分かるまで、捕り方たちの気配を消して、人知れず闇の中に分散するようにと、教示されました」

　それを聞いて洒楽斎は納得した。

　なるほどこの布陣は、町方同心のやり方ではなく、甲賀忍びの手口であったのか。

「師範代はひそかに邸内へ潜入して、乱菊さんの安否を確かめています。もうじき知らせがあるでしょう」

　乱菊の投げ文を見たことで、かなり狼狽えていた杉崎が、いまは見違えるほどに落ち着き払って、内偵の結果を待つ気になっているらしい。

「先生もお気が早い。まるで合戦でも始まりそうな出で立ちですな」

闇の中から不意に姿を現して、塾頭の津金仙太郎が笑っている。

「こんなに大勢が集まって大丈夫なのか」

酒楽斎としては、奥女中となって潜入している乱菊のためにも、いまは諏訪藩と事を構えるようなことをしたくなかった。

「大丈夫です。乱菊さんは無事でした」

闇の奥から忍び音の声があって、身体にぴったりした忍び装束を身に着けた、師範代の猿川市之丞が姿を現した。

二

「先生方が揃って、どこへ行っていたのですか」

女弟子の結花が、泣きそうな顔をして酒楽斎に訴えた。

「お留守の間に、大変なことになるところだったのですよ」

芝金杉を出た酒楽斎と市之丞が、深夜になってから内藤新宿に帰ると、誰もいないはずの道場に明かりが見えて、女弟子の結花がひとり残って留守番をしていた。

「何があったのだ」

と尋ねる前から、そこで何があったのかを、洒楽斎は分かっていたような気がする。

師範代の市之丞と大先生の洒楽斎が、共に道場を離れたことを知った上村逸馬と牧野平八郎は、にわかに敵愾心をあらわにして、道場内で果たし合いを始めたらしい。

初めは普通のぶつかり稽古で、お互いに作法どおり、打ち太刀と受け太刀を繰り返していたが、激しく撃ち合っているうちに、次第に剣勢が加熱して、二人の形相は鬼のようになっていたという。

天然流道場門下生の中でも、この二人は竜虎と呼ばれて優劣を譲らず、めきめきと腕を上げて来たので、模範試合を見るようなつもりで、門弟たちは全員が稽古の手を休め、逸馬と平八郎を取り囲むようにして、ふたりの試合ぶりを見守っていたが、激しく撃ち合う剣勢は苛烈で、竹刀の刀身は縦割れして、ササラのように砕けてしまった。

「代わりを所望」

と平八郎が叫ぶと、

「こちらも代わりの竹刀を」

いが再開された。
と逸馬もすぐに新しい竹刀を要求し、わずかな休みも取ることなく、激しい撃ち合

乱菊が行儀作法を指南をしていた女弟子の中に、剣術を学ぼうとする娘も現れ、門弟の男たちと剣を交えて、負けず劣らず励む女弟子たちも数人いたが、結花もそのひとりで、午前中はお花とお茶のお稽古、午後は剣術の稽古と、熱心に取り組んできた優等生だった。

剣術を学んでいる女弟子たちは、広くもない道場の片隅に陣取って、逸馬と平八郎の気迫に満ちた稽古を見学していたが、凄まじい撃ち合いを見ているうちに、魂を奪われるような不思議な陶酔と、背筋が凍るような悪寒を覚えて、思わず失神してしまう娘まで出てしまった。

さあ、大変、とばかり、娘たちは失神した同輩を取り囲んで、団扇代わりに袖を振って風を送ったり、固くなった丹田に掌を当てて揉みほぐしたり、胸元を押し広げて呼吸を助けたりしたが、失神した娘は細い息をゼイゼイ吐くばかりで、蒼白になった顔を顰めて苦しがっている。

結花は娘たちにそっと目配せすると、数人の仲間に手伝わせて、病人を玄関前の控室まで運び、すぐさま娘の両親に連絡して、失神した娘を引き取りに来てもらった。

女弟子の失神騒ぎで、ハッとわれに返った逸馬と平八郎は、見る者を恐怖に陥れた激しい撃ち合いを中断し、悪鬼のようだった形相を元に戻した。

「ほんとうに恐ろしくなって、町娘たちは剣術の稽古を辞めたいと訴えています。あたしはどちらとも決めかねて、先生に相談したいと、お帰りになるのを待っていたのです」

逸馬と平八郎が互角の剣勢を争ったのが申の刻（午後四時前後）ごろで、洒楽斎が道場に戻ったのは亥の刻（午後十一ごろ）を過ぎていたから、結花は三刻（六時間）以上も、ひとりで道場を守っていたことになる。

「そのあと逸馬と平八郎はどうしたのか」

洒楽斎は先ほどから気になっていることを訊いてみた。

「友里さんが失神したのを見て、何か大事なことでも思い出したらしく、おふたりとも別々に、大急ぎでどこかへ出かけられたようですが、あたしはそれ以上のことを知りません」

そう言う結花にしても、三刻以上も待つことになろうとは知らず、いま帰るか、いま帰るか、と思いながら洒楽斎を待って、ずるずると時を過ごしてしまったのだろう。

しかし結花がそうまでして、洒楽斎の帰りを待っていたのは、先生に引き留めてもらいたい、という思いが強かったからに違いない。

「それは気の毒なことをした」

この娘も一種の天然と見るべきか、と漫然としたことを考えながら、洒楽斎はやはり天然の資質を持つ、逸馬と平八郎のゆくえが気になっていた。

失神した友里を見たふたりの若者が、そのことから何を連想して、どのような衝撃を受けたにしても、それぞれが別のことを、思い浮かべていたに違いない。

逸馬の場合には、失神して倒れた友里の姿と、内藤新宿の裏通りで斬殺された姉、実香瑠の姿が重なって、新たに瞋恚の炎を掻きたてられたと見るべきだが、平八郎が何を連想してどう思ったのか、洒楽斎には何ひとつとして分からなかった。

「そなたの答えはもう出ておるのではないかな。わしの帰りを三刻以上も待っていたのは、剣術を続けたい、と思うそなたの気持ちが、それだけ強いという証じゃ。わが流儀では、剣術を学ぶに男とか女という区別はない。それが天然の流れであれば、すべてを容認して差別を設けない。師範代の乱菊を見るがよい。滅多なことで見せることはないが、乱舞の動きを剣術に取り入れて、無敵の境地にまで達している。剣の腕においては、すでにわしより上かもしれぬ」

洒楽斎の励ましを感じたのか、結花は嬉しそうに顔を輝かせたが、すぐに眉を曇ら

せて、

「乱菊先生はどうされたのですか。剣術の稽古をしたいと思ったのは、乱菊先生に憧れたからですし、辞めようかと迷ったのも、乱菊先生がいなくなってしまったからです」

ほんの小娘かと思っていた乱菊が、さらに小娘の結花に慕われて、その生き方にまで影響を与えているのを見て、洒楽斎はある種の感慨を覚えずにはいられなかった。

乱菊が一番弟子なら、結花は孫弟子に当たるのか。

わしも歳をとったものだ、と思いながらも、いきなり嬉しいような、切ないような、あまり味わったことのない気持ちが押し寄せてきて、何ごとにも泰然と構えていたはずの洒楽斎を狼狽えさせた。

「乱菊は必ず戻ってくる。案ずるでない」

それを聞いて顔を和ませた結花を見ていると、やはり純心な小娘なのだ、と改めて思わざるを得ない。

「今夜は遅い。家の近くまで送ってやろう」

洒楽斎らしくもないことを言ったのは、成覚寺の門前で、深夜に殺された実香瑠のことを思い出したからだが、やはり諏訪藩邸に残った乱菊の身を案ずる気持ちが強いのだろう。

「先生がゆくまでのことではねえ。あっしが送ってまいります」

市之丞が気軽に引き受けると、江戸一番の色男の顔をちらりと見て、結花は恥ずかしそうに頰を染めた。

「そうしてくれるか」

洒楽斎はそのまま奥の間に引っ込んだ。

妙に疲れていた。

そんなはずはない、と思いながらも、ついウトウトして、洒楽斎は浅い眠りに引き込まれてしまった。

ふと気配を察して眼を開くと、襖の戸板を細めにあけて、市之丞が廊下に跪いている。

「早かったな」

と労わると、市之丞は妙な顔をした。

「結花の実家は、四谷の大木戸を越えた先にある忍町でした。深夜に小娘がひとり歩くには遠すぎます。御両親は心配して寝ずに待っていたので、少しでも遅くなれば一波乱ありそうな、爆発寸前のありさまでした。わたしが同行して事情を説明したので、なんとか納得してもらえましたが、成覚寺門前の女殺し一件も未解決のままですし、結花を家まで送って行ってよかったですよ」

ほんの一瞬かと思われた浅い眠りは、思ったよりも長かったのかもしれなかった。

「芝金杉の蕎麦屋台では、町方同心や捕り方たちがいたので、細かなことを話していませんが、諏訪藩邸に潜入している乱菊さんが、いまも危ない立場にいることは確かです」

三

薄暗い闇にまぎれて、諏訪藩江戸屋敷に忍び込んだ市之丞は、意外と簡単に邸内のようすを知ることが出来た。

大名屋敷は、どれも似たような構造なので、建物の配置や屋根の形を見れば、どこにどんな立場の者が住んでいるのか、おおよその見当はつけることが出来る。

苦手なのは大名屋敷特有の広い庭で、植え込みが煩雑な庭園は、木の葉隠れ（こはがく）に身を隠すことは出来るが、白砂を敷き詰めた庭内を、見咎（みとが）められずに横切ることは至難の業だ。

乱菊が勤めているのは奥殿だろうから、邸内の北に位置する屋根の大きな建物に忍び込んで、天井裏の太い梁伝いに歩くのは、甲賀忍びとして鍛えられた市之丞にとって、さほど難しいことではない。

奥殿はまだ寝静まっていなかった。

玄関脇の番所には、警固番の武士が詰めていたが、気が緩んでいるのか隙だらけで、あまり頼りになりそうもない。

女たちの館を取り仕切っているのは、初島と呼ばれる老女で、こちらのほうがよほど研ぎ澄まされた警戒心の持ち主だった。

老女と言っても、それは奥女中の役職名で、初島はまだ三十半ばの若々しい女だった。

天井裏の隙間から覗いてみると、奥女中に立ち交じって働いている乱菊の姿は、華やかな女たちの中からでも、すぐに見分けることが出来た。

初島が入って来て何か言うと、女たちは顔を伏せたまま寝所に引き取ってゆく。

乱菊の姿を真上から見るのは初めてだった。

奥女中の衣装は大袈裟で動き難そうだったが、乱舞で鍛えた乱菊の動作に無駄はなく、化けの皮が剝がれる心配もなさそうだった。

とにかく乱菊さんは無事だった、と市之丞はほっと胸を撫でおろした。

洒楽斎がいつになく慌てていた姿を思い出して、市之丞は苦笑した。

いつもの先生らしくなかったな、まるで娘を心配しておろおろしている父親のようだった、と妙にこそばゆい思いが込みあげてくる。

奥女中の衣装は裾が長いので、真上から見ると黒髪は雌蕊(めしべ)で、裾広がりの着物は花弁のように見える。

まさに咲き誇る乱菊だな、と思いながら、市之丞は裾を引いて静々と歩く乱菊の姿を眺めていた。

驚いたことに、新来の乱菊にも私用の部屋が与えられているらしい。

部屋の仕切りは塗壁(ぬりかべ)なので、隣室からの声も遮断される。

かなり優遇されているということだ。

市之丞は天井裏にへばりつくと、小さな声で鼠鳴(ねずみな)きをして乱菊の気を引いてみた。

乱菊はすぐに気がついたようだった。

あたりの気配を確かめてから、行燈(あんどん)の灯を消し、大丈夫だから下りてくるようにと、そぶりで示した。

市之丞は音を立てずに天井板をずらすと、梁に結び付けた細紐を伝って、するすると乱菊のところまで下りて行った。

「心配しなくても大丈夫よ」

と乱菊は声には出さずに言った。

「わしも大丈夫だとは思っているが、先生がいつになくそわそわしているので、乱菊さんの安否を確かめるために忍んできたのさ」

市之丞も声には出さずに言った。

「こんなところに忍び込むなんて、そのほうがよっぽど危ないわ」

「まあ、そうだけど」

市之丞は甲賀の抜け忍なので、忍びであったことを極秘にして世を渡っている。

「とにかくどんなようすなのか。先生を安心させてやりたいのだ」

乱菊も声には出さないが、笑いながらこれまでの顚末を話した。

「この屋敷にいるかぎり、危険はないのよ。実香瑠さんが斬られたのも、藩邸を出てどこかへ行こうとしたから、それで殺し屋の標的になってしまったらしいわ」

奥女中を取り仕切っている初島は、一目で乱菊のきびきびとした、それでいて優雅な挙措が気に入ったらしく、この屋敷に仕える心得を親切に教えてくれた。

「大名家に仕えるには、どなたに仕えるのか、よくわきまえておかなくてはなりません。わたくしがお仕えしている奥方さまは、福山十万石の藩主阿部正副さまの御息女です。殿さまとの間にお子を生しておりませんが、わたくしは揺るぎない正室としてお仕え申しております。そなたも左様に心得ておくように」

しかし、市之丞が天井裏で聞き取った奥女中たちの噂では、殿さま（忠厚）には二人の側室が生んだ二人の若殿がいるので、継嗣を産めない正室の立場は、かなり危うくなっているらしい。

「気をつけなければならないことを、あらかじめ言っておきます。そなたは実香瑠の代わりに奥勤めに入ったと聞いております。実香瑠はわたくしの右腕となって、働いてくれた奥女中です。そなたも実香瑠と同じように、わたくしの右腕となってくれますか」

初島の顔は厳しくなって、乱菊を試しているような口ぶりに変わった。

「はい。実香瑠さまには及ばなくとも、なんなりとお申し付けくださいまし」

初島はちょっと黙り込んで、厳しい眼で乱菊を見つめている。

「そなたに伝えるのは心苦しいが、実香瑠はそのために殺されたのじゃ。同じことが、そなたの身にも起こるやもしれぬ。覚悟してくりゃるか」

いきなりこう切り出されて、驚かない女はいないだろう。

しかし、乱菊は危険を承知で潜入した女間者で、殺された女が実香瑠という名であることを前もって知っている。

殺し屋が実香瑠の胸元を探ったのは、隠していた密書を奪おうとしたらしい、ということも推察できる。

実香瑠の身体を捜しても、密書らしい書付はなかったが、その代わりに「竜神の髭」という判じ物めいた言葉を残して息絶えた。

このことを知っているのは、たまたま実香瑠の最期に立ち合った、洒楽斎の他には居ないはずだ。

もし実香瑠が、老女の意を汲(く)んで動いていたとしたら、死の間際に言い遺した「竜神の髭」とは、どんなことを意味しているのか、あるいは初島なら知っているかもしれない。

「実香瑠は武芸のたしなみもある娘でした。それをただ一突きで殺した男は、たぶん殿さまの寵(ちょう)をいいことに、勝手気ままに振る舞っている藩邸の側用人、渡邊助左衛門に雇われている殺し屋でしょう」

どうやら老女の初島は、殺し屋が誰かを知っているらしい。

「心配するでない。そなたがこの屋敷内にいるかぎり、そしてわたくしの右腕となってくれるかぎり、奥殿を仕切っているこの初島が、どんなことをしてでも守ってみせましょう」

初島は初めて笑顔を見せて、念を押すように言った。

「どれほど腕が立つ殺し屋であろうとも、江戸屋敷に雇われた臨時の使用人にすぎません。この屋敷にいるかぎり、福山藩から派遣された老女に、手を下すことなど出来ぬのです」

初島は阿部正副の息女を守るため、福山藩から正式に、奥方付きとして差し向けられた老女だった。

いかに殿さまの寵を専らにする側用人でも、正室付きの老女には手が出せない。もし事を荒立てたら、背後にある福山藩と諏訪藩の争いとなって、下手をすれば両藩とも改易の憂き目にも遭いかねない。

渡邊助左衛門は、ひたすら殿さまのご機嫌をとって、江戸屋敷の側用人に成りあがった男だから、殿さまあってこその権勢で、間違っても藩が取り潰されるようなことをするはずはなかった。

正室の奥勤めをしている初島は、福山藩の後ろ盾があるかぎり、成りあがり者の渡邊助左衛門より、奥殿にあっては力があると言ってよい。

「ところが江戸屋敷から一歩でも外に出れば、密殺という陰険な手を使って、邪魔者を消すことが出来るのです。わたくしの右腕となって働いてくれた実香瑠は、わたくしがあらぬことを頼んだせいで、無惨にも殺し屋風情の手に落ちてしまったのです」

初島は袖口でそっと涙を拭った。

強気にふるまっているように見えるが、初島はよほど苦しい思いをしているに違いない。

「殺し屋のことを教えていただけますか」

「それを言おうとして、先ほどから口外無用とされている、江戸屋敷の機密まで話しておるのです。気をつけるがよい。金で雇われた殺し屋は、渡邊助左衛門の命令で動いておるのじゃ。あの側用人は臆病な男で、屋敷の内情が外に洩れることを嫌っている。そなたが実香瑠の後任として、わたくしの下に勤めているかぎり、命を狙われることは必定と思ったほうがよい」

奥殿では権勢があるはずの初島が、実香瑠の代役として奥女中となった乱菊に、窮状を訴えなければならないほど、諏訪藩邸では孤立しているらしかった。

四

「あっしが諏訪藩邸に忍び込んで、乱菊さんから聞いたのは、あらましこういうことだったのです」

市之丞は溜息をついた。

「ここは危ないから引き上げたほうがいい、といくら勧めても、肝腎なことはまだ何も明らかにされていないのだから、もう少し探ってみることにします、と言い張って、意地っ張りな乱菊さんは、わたしの忠告を聞いてくれないのです」

ようすが分からずに心配していた洒楽斎も、乱菊と連絡が取れたと聞いて、ひとまず安堵した。

「乱菊がそう言うなら、何か目算（もくさん）があってのことであろう」

幼いころから乱菊は、先読みのお菊、と呼ばれて、ある種の予知能力を持っていた。

その力は天然流の修行によって研ぎ澄まされ、いまではより実態が備わった技能になっているはずだった。

「でも、逸馬の姉上を斬った殺し屋が、新たに初島付きの奥女中となった乱菊さんを、虎視眈々と付け狙っているのですぜ。福山藩主の御息女が輿入れしてからすでに十数年、守役として付いてきた老女には手が出せなくとも、脅すことだったら慣れたものだ。初島のお気に入りだった奥女中の実香瑠は、見せしめとして殺されたに違えねえ。そうなれば、こんどは後を継いだ乱菊さんが狙われますぜ。いくら残忍な女殺しの下手人でも、町中から壁ひとつ隔てた諏訪藩邸に逃げ込めば、そこは町奉行所の手が廻らねえ安全地帯だ。奥殿を取り仕切っている初島は、どんなことをしてでも乱菊さんを守る、と言っているようですが、わたしが天井裏で聞き耳を立てていたところ、渡邊助左衛門が江戸屋敷の側用人に取り立てられたのは、どうやら二之丸家老、諏訪大助の推挙によるものらしい。やつらは江戸と国元で結託して、三之丸家老千野兵庫を失脚させ、いまはわが世の春を謳歌しているらしい」

諏訪藩邸に潜入してきたばかりの市之丞は、生々しい現実を見せつけられている。

「わしは諏訪という土地に興味を持って、壁ぎわに積まれた万の文反古の中から、面白そうなところを拾い出してみた」

洒楽斎は古びた手稿を和綴じ本にした書籍を、パラパラと捲りながら語り始めた。

「どうも分からないことばかり多かったが、これで少しは道筋が見えてきた」

二之丸家と三之丸家は、共に千二百石取りの諏訪藩家老で、石高も権限も同格だった。

家康に従って関東を転戦してきた藩祖頼水が、ようやく念願かなって諏訪に戻って以来、諏訪と千野の両家老が、交代で藩政を担当してきた。

諏訪大助と千野兵庫は、それぞれの家系で八代目を継承している。

初代藩主となった頼水は、六十年ぶりに諏訪の旧領に戻ると、神党をはじめとする旧臣たちを呼び戻したり、新規に召し抱えたりし、幕藩体制に組み込まれた譜代大名として、散り散りになった家臣団を再編成した。

諏訪家はもともと諏訪大祝家の直系で、生き神さまとして古代から諏訪信仰圏に君臨してきた特別な家系だった。

諏訪家にはそもそもどのような系譜があるか。

延暦二十年（八〇一）、征夷大将軍坂上田村麻呂は、東山道から蝦夷攻めの途上、諏訪社に立ち寄って戦勝を祈願し、弓馬の術に優れた諏訪の武士たちを糾合して蝦夷入りを果たした。

八ヶ岳の裾野に広がる神域、御射山で行われる諏訪社の御狩神事は、おのずから弓馬の道に熟達した武人たちを育て、諏訪大祝を中心にして、神党と呼ばれる武士団を形成していたのだ。

坂上田村麻呂が戦勝を祈願してから、諏訪社は軍神として知られるようになり、狩猟民たちが尊崇していた諏訪信仰が、東国を中心にして武士たちの間に広まっていった。

武士の世を招来した源平合戦のあと、鎌倉幕府に出仕して武家化した諏訪神党と、諏訪信仰圏を継承する神職として地元に留まった大祝と、諏訪氏の正系は聖と俗に二分されながらも、悠久の闇から始まった生き神さまの系譜が、世は変わり時代が移っても、絶えることなく続いてきている。

「山塊によって四囲を守られている諏訪は、古代信仰と領国支配が、不即不離のまま継承されてきた、特殊な文化圏としていまに残存しているのだ」

洒楽斎は蘊蓄の深いところをみせて、諏訪から帰ってきたばかりの市之丞に、諏訪の歴史について説明した。

「へえぇ。わたしが旅をしてきた諏訪ってのは、そんなに不可思議な場所だったんですかい」

読み切れないほどの蔵書を蒐集して、剣術道場の師範を市之丞や乱菊に任せたまま、奥座敷で呑気そうに書見に浸っていたのは、どうやら洒楽斎にとって、伊達や酔狂ではなかったらしい。

「よくそれだけのことを調べましたね」

市之丞は単純に感心している。

「甲賀者とは別なやり方で、わしなりに調べただけのことだ。乱菊も危険な江戸屋敷に入って、市之丞やわしとは違ったやり方で調べている。町方同心の杉崎どのも、われわれとは違った調べ方をしている。それぞれが得意とする調べを持ち寄れば、不可解に思われていた謎の真相が見えてくるかもしれぬ」

いやいや、かえってわけが分からなくなるだけではないか、と市之丞は思っている。

よその家のいざこざに首を突っ込んで、余計な苦労を背負い込んでしまっただけなのではないか。

そう思いながらも、自然に誘われるまま身を委ねてしまうのが、お人好しの洒楽斎が説く天然流なのかもしれない、と市之丞は苦笑せざるを得なかった。

流れに竿(さお)ささず、流れに身を投じながらも、流れのままには流されない。

あまり見栄えの良い生き方とは言えないが、それが自然なのだと市之丞は思っている。

五

「あの男です。よく覚えておきなさい」

初島にそう囁かれて、乱菊は庭先に立っている骸骨のような男を見た。

玄関脇の番所に詰めている、気の抜けたような護衛たちとは違って、真昼なのに幽鬼のような妖気を漂わせている四十年配の男だった。

乱菊は背筋が寒くなるような思いをした。

恐怖ではない。

あの男そのものが死と繋がっている。

生きようという意欲がないから、平気で人を殺すことが出来るのだ。

そんな男が庭先をうろついている中で、初島は奥方さまを守ろうとして、ピリピリした毎日を送ってきたのだ。

しかし、あの男の狙いは奥方ではなく、奥方を補佐している初島だろう。

そして、福山藩十万石の後ろ盾がある初島には、安易に手を出せないとなると、その右腕となっている奥女中を殺して初島を脅し、そのことで奥方を恐怖に陥らせる、という狙いがあるのだろう。

たとえそうであっても、この屋敷にいるかぎり、あの男は奥女中に手を出せないはずだし、ただの嫌がらせに留まるだろう。

しかし乱菊が見たところ、骸骨に似た男にとって、そんなことはどうでもよく、人を殺しても痛みも痒み(かゆ)も感じないほど、身も心も荒廃(こうはい)し切っているように思われた。

奥方が住んでいる奥殿は、男子禁制の女人の館で、玄関脇の番所に屯(たむろ)している江戸詰めの藩士たちも、初島の命令なしには邸内に立ち入れないし、まして奥女中たちが出入りしている庭先に、姿を見せるような不躾(ぶしつけ)さは許されないはずだった。

殿さまがいる主殿(しゅでん)と奥殿は、狭い廊下で繋がれているが、張り籠で囲われた橋廊下を渡ることが出来るのは殿さまだけで、将軍家の大奥ほど厳重ではないが、禁を犯せば厳重に罰せられるので、あえて御鈴廊下に近づく者はいない。

「ところがあの男は、わざと姿を見せて嫌がらせをしているのです。渡邊助左衛門に命じられて、わたくしたちを脅迫しているのでしょう」

初島には分かっているのだ、と思うと、このような心労を、長いこと重ねてきた老女が痛ましかった。

「側用人の渡邊助左衛門を呼びつけて、きつく叱っておきましょう」

しかしそれでどうなるというものではない。

あの骸骨男は、渡邊助左衛門の命令で嫌がらせをしているだけで、本当のところは何を考えているのか分からないからだ。

何もないのだろう、たぶん。

寒風が吹き荒んでいる空洞のような気がする。

そんな内面を持つ男が不気味に思われて、眼をそらせたくなってしまうのだ。

「寒々とした男ですね」

しばらくしてから乱菊は言った。

「もういませんよ」

初島は厳しい目をして庭先を見ていた。

あの男の姿はどこにもない。

見たくもない悪夢から醒めたときのような、後味の悪さだけが残っている。

いきなり現れていつの間にか居なくなる。

幽鬼にでも襲われたような気がして、実在か非在かの見極めさえも付かない。

あの男がみずから意識して、あのように振る舞っているわけではないだろう。

たぶんあれは、あのままの男なのだ。

乱菊には、あのような荒んだ男がいる、ということに対する違和感がある。

それ以上に不気味なのは、わざわざあんな男を捜し出して、禁断の奥殿に出没させている、渡邊助左衛門という男の魂胆だろう。

何を企んでいるのか分からない。

乱菊もまた洒楽斎のように、よその家のいざこざに首を突っ込んで、引くに引けない苦労を、背負い込んでしまったように思われた。

六

津金仙太郎は、沖から吹き寄せる潮風の寒さに震えながら、人気のない芝金杉の街路を歩いていた。

竹籠のような深編笠を被り、白装束で身を覆った、虚無僧のような身なりに姿を変えている。

これまでは運よく何ごともなかったが、いつも同じ格好をして大名屋敷の門前をうろうろしていたら、不審な男と思われて警戒されてしまう怖れがある。

これを言い出したのは市之丞で、さっそく旅芸人のころに使っていた、さまざまな

舞台衣装を取り出して、あれかこれかとあてがってみたが、

「塾頭ならなんでも似合うと思っていたが、意外にぴったりした装束がねえんですね」

　とがっかりしたように呟いた。

「仙太郎は舞台などに立ったことはない男だ。それに市之丞の舞台衣装は派手すぎて、ふつうの者に着こなせるはずはない」

洒楽斎に冷やかされて、江戸一番の色男は凹(へこ)んでしまったが、

「これがいい。この装束を貸してもらおう」

と勝手に着替えたのは、虚無僧の着る白装束で、見れば細身の仙太郎にはお似合いで、舞台に出しても恥ずかしくない立ち姿だった。

「虚無僧には武家崩れが多いから、刀を差していても不自然ではない。尺八(しゃくはち)は手頃の長さと重さがあって、小太刀のように使うことが出来る。相手の顔は見えても、こちらの顔は分からない。まるで隠れ蓑(みの)でも着たような気分で、世間の外に立つことが出来る」

　仙太郎も虚無僧姿を気に入ったようだった。

　今夜は仙太郎が芝金杉を引き受けたので、市之丞は内藤新宿の道場に残って、夜中

まで逸馬と平八郎に稽古をつけてやるという。

諏訪藩江戸屋敷に潜入した乱菊は、奥殿を出ないかぎり危険はない、と連絡があったので、町方同心の杉崎は、夜鳴き蕎麦屋だけを残して、捕り方たちを返していた。

しかし危険が去ったわけではない。

市之丞の話によると、乱菊はより危険な立場に身を置いて、藩邸を出るに出られないことになってしまっているらしい。

町方同心の杉崎としては、投げ込み寺の門前で殺された女の身元と、女殺しの犯人さえ判明すれば、すでに事件は解決したようなものだが、犯人が大名屋敷に隠れていては、町方としては捕縛も取り調べも出来はしない。

出来たら乱菊さんに、その男を屋敷の外へおびき出してもらいたいのですが、と杉崎は虫のいいことを言い出し、乱菊も乱菊で、出来るかどうか、すこし考えてみましょう、なにしろ実香瑠さんを殺したのは、この世で影を失った幽鬼のような男ですから、などと調子のいいことを言っているらしい。

乱菊が身の安全を保証されているのは、あくまでも諏訪藩邸にいる場合に限られていて、一歩でも屋敷の外に出れば、奥殿を統括している初島の力は及ばなくなる。

しかし、殺し屋として雇われた骸骨男にも弱みがあって、大名屋敷の外で人を斬れば、そこは江戸町奉行所の管轄なので、張り込み中の捕り方からその場で捕縛され、町方役人の取り調べを受けることになる。

実香瑠を斬ったのが、人通りの絶えた投げ込み寺の門前だったのは、人目を避け、足跡を残さないためで、たとえ町方が踏み込めない大名屋敷であっても、殺人者が邸内に逃げ込んだことが目撃されたら、その後の詮議次第では、大袈裟な事態にならないとも限らなくなるからだった。

大名屋敷では、

「そのような者は当藩と関わりがない」

と突っ張ねるだろうが、その事件がこじれて幕閣まで上がってくれば、大目付と町奉行の掛け合いとなり、藩士でもない殺し屋を庇って、お取り潰しになることを喜ぶ大名などいるはずはない。

「不審な男は当方で成敗いたす」

と即刻に首を刎ねられるのが落ちだろう。

人跡の絶えた深夜に、人知れず殺してしまうというのは、無頼の殺し屋が身を守るために取った巧妙なやり方だった。

人を斬るなら深夜だ、と殺し屋は思っているに違いない。

そして、投げ込み寺で殺された女の身元をたしかめ、殺した男も判明し、予定していた調べが終わった乱菊が、こっそり藩邸を抜け出すとしたら、人々が寝静まっている深夜のほうが都合がよい。

そうなれば乱菊と殺し屋は、人々が寝静まってしまった深夜に、期せずして遭遇することになる。

仙太郎から見れば、相変わらず乱菊は、危ない橋を渡っているとしか思えない。

「町方が手を引いても、わたしは手を引くわけにはまいりませんよ」

そう言って仙太郎は苦笑したが、諏訪藩邸から脱出する乱菊を、無事に救出するのは、自分の役目だと決めているらしかった。

「あっしだったら塾頭に、そんな苦労はおかけしねえんですがね」

市之丞は負け惜しみを言ったが、

「しかし、乱菊さんが藩邸から脱け出すのは、いつのことになるか分かりませんよ。ご自身が窮地に立たされていることも御存じねえのか、あの方は潜入した敵地でも、またまた妙な義俠心に駆られて、簡単には足抜きならねえ、てえことになっているようですから」

と皮肉な口調で批判しながら、じつは乱菊の身を本気で心配しているのは、たびたび上屋敷の邸内に忍び込んで、頻繁に接触している市之丞に他ならなかった。

市之丞が聞いたところでは、苦境に立たされている老女の初島に、乱菊はいたく同情しているらしかった。

「よその家のことですぜ」

と市之丞が止めても、

「そんな言い方をするなら、ほとんどの事件は、みんなよその家で起こったことよ。だから放っておいても構わない、というわけにはいかないないないでしょう」

と言って、乱菊は聞く耳を持たないらしかった。

「この場合は乱菊のほうが正しい」

市之丞の話を黙って聞いていた酒楽斎が、乱菊に軍配を上げた。

「またですかい。ちょっと依怙贔屓が過ぎやしませんか」

すかさず不満を述べると、酒楽斎は微笑んで、

「天然流から言えば、乱菊は天然から自然へと向かっているからじゃ。天然とはおのれの道を突き詰めることであり、自然とはそこから派生する惻隠の情を、惜しみなく与えることでもあるからじゃ。いまの乱菊には、それが自然の働きであり、おのれを越えて他に働きかけることを、自然のままに選び取っている」

「いわゆる悟りの境地というものですか」

と仙太郎が言えば、市之丞はムキになって、

「しかし乱菊さんの自然に付き合わされて、あっしはよその家に忍び込んで、泥棒のような真似をしなければならず、塾頭は底冷えのする季節になって、毎晩よその家を見張っていなければならず、先生だって汗だくになって芝金杉まで駆けだして、愛弟子の身を心配しているじゃありませんか。つまり乱菊さんは、おのれの天然を突き詰めて、自然の働きに従うことによって、まわりの者を巻き込み、労苦を強い、慌てさせる。それが惻隠の情というものですかい」

洒楽斎は笑いながら後を引き取って、

「しかし、乱菊にもっとも関わっているのは、他ならぬ市之丞ではないか。おぬしはなぜ、そのような労苦をみずから買って出るのか」

市之丞は不満そうに頰を膨らませて反論した。

「何も乱菊さんを恨んで、言っているわけじゃあござんせん。ただ、そうせずにはいられない、というわけのわからねえ思いで、自然にこうなってしまうだけのことです」

洒楽斎は口元に、ゆったりとした笑みを浮かべて、

「わしが言う自然とは、そのような働きを指しておるのだ。何も難しいことを言っているわけではない。そうするのが自然だ、という思いに素直に従って、それにふさわしい働きをすることなのじゃ」

市之丞は思わず口をパクパクさせたが、そのまま黙り込んでしまった。

「わしは何も乱菊の自然だけを褒めているのではない。仙太郎や市之丞が、自然に動いているのを見ているのが楽しいのじゃ。天然流が到達した究極の姿を見るような気がする」

言いながら洒楽斎は、満足そうに頷いている。

「先生。仲間褒めは止めましょう。他の人が聞いたら、見苦しく感じてしまいますよ」

めずらしく仙太郎がたしなめた。

「それもそうだ。これは一本取られたか」

素直に応じる洒楽斎を見る仙太郎の眼には、寂しそうな色が浮かんでいた。

洒楽斎が思わず洩らす最近の感慨には、自足しているような言い方が増えて、それを聞いている仙太郎は、どうしてもそこから、忍び寄る老いを感じてしまうのだ。

洒楽斎と一緒に、春夏秋冬を人跡離れた深山に籠もって、小天狗と言われていい気になっていた自分を、鍛えなおした日々のことを、仙太郎はいまも鮮明に覚えている。

あれは仙太郎にとってみれば、洒楽斎が言う、天然から自然へと転換していった、貴重な時期であった、と思っている。

そしてあのころの洒楽斎は、剣術の腕は遥かに仙太郎よりも劣るのに、人としての気迫には、圧倒されるものがあったことを、仙太郎はときどき思い出している。

あの時期はきっと、洒楽斎の絶頂期に当たっていたのかもしれない。

いわゆる、心・技・体のすべてが、洒楽斎の絶頂期にあって、肉体を鍛錬する武芸者としても、どのような自然条件の中でも生き抜く知恵と体力にしても、そして仙太郎がついに及ばないと思った、過去から蓄積されてきた経験の重みにしても、それぞれが到達点まで至っており、全身から沸騰するような気迫に満ちていた。

そして先生は、夢想のうちに「天然流」を開眼し、中年に達してようやく、独自の流派を立てることが出来たのだ。

その瞬間に立ち合えたことを、仙太郎は素直に喜んでいる。

しかし武芸者としての洒楽斎は、天然の野生児だった仙太郎の遣う剣に遠く及ばなかった。

不思議な人だ、と仙太郎は思っている。

ひょっとしたら、内藤新宿の天然流道場に、実家に転がり込んだ道楽息子のような顔をして、ずるずると泊まり込んでしまうのは、剣術の弱い先生が、もしも道場破りに負けるようなことがあっては、と心配して、付かず離れずに見守っているのかもしれなかった。

仙太郎が出逢ったころ、心・技・体が、ともに絶頂期にあった洒楽斎が、剣客として世間から知られていたわけではない。

そして内藤新宿の裏店に、天然流道場を開いているいまも、洒楽斎は名の知られる武芸者の数には入っていない。

なぜだろうか、とは仙太郎は思わない。

有名な剣客たちに試合を挑んで、一度たりとも敗れたことのない仙太郎には、世にもてはやされる名人や達人が、評判ほどの剣技を持っているとは思われないからだ。

若くて無名だった仙太郎に敗れて、面目を失った名人や達人は、おのれの敗北を糊塗するのに必死で、そのこと自体が、事実を知っている仙太郎には、見苦しい振る舞いとしか映らなかった。

無名の仙太郎に敗れたことは、徹底して秘匿され、むしろ稽古をつけてやったと吹聴し、若い才能を引き出してやったと自慢されると、剣術に対する仙太郎の熱は、一気に冷めてゆくように感じられた。

そんなとき出逢った洒楽斎から、一緒に山籠りをして、剣術の修行をしてみないか、と誘われ、それほど期待することもなく、春夏秋冬を山中で過ごしたのだが、洒楽斎との暮らしは、これまで仙太郎が考えていた剣術とは違って、工夫と創造の喜びを伴っていたような気がする。

「とにかく今夜も、芝金杉に出かけてきます」

虚無僧笠を被り、白装束に着替えた仙太郎は、気取った調子で尺八を吹きながら、飄然として四谷の大木戸に向かって歩み去った。

「身なりはぴったりだが、尺八などは吹かねえほうがいい」

やれやれ、という顔をして市之丞は見送っている。

たしかに仙太郎の尺八は下手糞で、ときどき音色がかすれたり、あるいは突拍子もなく高い音を立てたりして、あれでは却って贋物だと疑われてしまう、と思って心配になった。

よせばいいのに、仙太郎は虚無僧にでもなったつもりで、道々を尺八を吹きながら行くらしい。

仙太郎の姿は見えなくなったのに、尺八の音色はかなり遠方からも聞こえてくる。

「器用な男だな。少しずつ尺八が上手くなっている」

　洒楽斎に言われて、市之丞も耳を澄ました。

「ほんとうだ。だいぶ様になってきましたね」

　芝金杉までの道中を、仙太郎は尺八の稽古に当てるらしい。

「何ごとも稽古次第ということか」

　市之丞がぶつぶつと呟いていると、

「師範代。わたしたちの稽古もお願いしますよ」

　上村逸馬が道場から市之丞を迎えに来ていた。

　あれほど反発していた師範代に、逸馬はすっかりなついているらしい。

「よし。今夜はバシバシしごくことになるが、覚悟は出来ているだろうな」

　気をよくした市之丞が、愛想よく応じると、

「望むところです。師範代の稽古は生ぬるくて、ときどき欠伸が出そうになる。もっと手厳しい稽古をお願いしますよ」

　上村逸馬は喜色を浮かべて、若々しい顔を輝かしている。

「わたくしが、そなたの身を守ってあげることが出来るのは、今日限りのことになりました」

七

初島からいきなりこう切り出され、乱菊は悪い予感が当たってしまったことを知って、いたたまれない思いに襲われた。

今日あたりが限界だろう、と乱菊は予見していた。

いつも強気を貫いてきた初島の表情もいまは暗く、顔面は蒼白で色艶も悪くなり、声にも張りがなくなって、常に端然としていた容姿までが打ち萎れている。

やはりそうだったのだ、と乱菊は思った。

いまから十数日前のことになるが、側用人渡邊助左衛門の姻戚だという、近藤主馬、上田宇次馬、小喜多治左ヱ門などという、眉目秀麗な男たちが江戸屋敷に入ってきた。

その連中は殿さまの御相伴役と称し、主殿に入り浸って片時も殿さまのお側を離れないと聞いている。

さらに近藤主馬と上田宇次馬には、奥殿の出入りも許されているらしく、側室が産んだ鶴蔵君のご機嫌取りをしたり、正室の悪口を吹き込んで、奥殿の女たちを離反させようと動き出したらしい。

困ったことに、近藤主馬も上田宇次馬も、若くて容色も整っているので、奥殿の女たちから人気があり、中には近藤主馬の言いなりになって、露骨に初島を避ける奥女中たちも出てきたという。

何かを画策しているらしい、ということが乱菊にはすぐ分かった。

近藤主馬が奥殿の出入りを許されるようになってから、実香瑠を殺した骸骨男も、頻繁に庭先に現れるようになって、奥殿の女たちを統括している御老女、初島への嫌がらせはさらに激しさを増した。

堪りかねた初島は、乱菊を供に連れて側用人の役宅まで押し掛け、声高に渡邊助左衛門を叱りつけたことがある。

初島が乱菊を伴って来たように、渡邊助左衛門の背後には、実香瑠を殺したに違いない、表情を失った骸骨のような、存在感の薄い影のような男が控えていた。

この男と争ったら危ない、と乱菊は咄嗟に思った。

初島の供をしてきた乱菊は、当然のことながら、寸鉄も身に帯びていない。

それに対して骸骨男は、側用人の用心棒として陪席しているからなのか、腰に脇差を帯びているだけではなく、膝元に大刀を引き付けている。

「これ、鬼刻斎。御老女さまに茶など差し上げろ」

と渡邊助左衛門が命じたところをみれば、骸骨男には鬼刻斎という名があるらしい。

「結構でございます。今日はお茶などを、飲みに参ったのではありません」

初島が凜として撥ねつけると、老獪な渡邊助左衛門は、御老女の鋭気を削ごうとするかのように、

「なんの御用か存ぜぬが、お茶くらいは飲んでもよいではござらんか。茶受けには、虎屋の羊羹も用意してござる。お部屋さまが甘いものをお好きで、これは京からわざわざ取り寄せた老舗の羊羹でござる。わしもお相伴に、一切れ頂くことになっておる。格別の風味でござるぞ」

にこやかに言うと、それを聞いた初島はいきなり顔青ざめて、

「そのように偽って、軍次郎君に毒を盛ろうとされましたな」

語気も鋭く詰め寄った。

助左衛門の言うお部屋さまとは、藩主忠厚候にとって、庶出の次男に当たる鶴蔵君のご生母、キソ殿のことであろう。

お部屋さまと呼ばれているキソ殿は、江戸近郊の富農から差し出された器量よしの娘だが、どうやら金策に困った側用人の渡邊助左衛門が、裕福な実家から軍資金を引き出そうと、切羽詰まった末に画策した経済対策らしく、百姓娘の女中奉公ではなく、初めから側室として迎え入れたようだった。

若くて健康な百姓娘キソは、側女になってから一年足らずで男子を出産した。

これより先、子宝に恵まれない正室の福山殿は、容色も気品も申し分ない侍女のトメ女を、殿さまの側妾として差し出し、いまから十二年前の明和五年には、庶出子ながら第一子の軍次郎君が生まれている。

正室の福山殿は、侍女のトメ殿が産んだ軍次郎君を可愛がり、みずからの手で嫡子として養育してきたが、富農の娘キソ殿が鶴蔵君を産んでから、どちらを継嗣として認めるかということで、微妙な関係になってきた。

江戸詰めの渡邊助左衛門を、江戸在住の藩主、忠厚候の側近に薦めたのは、国家老の諏訪大助で、江戸と国元の側近で藩主の身の回りを固め、二之丸家の政権を盤石にしようという、諏訪大助の深謀遠慮から出ている。

藩主の忠厚候は、虚弱体質を理由に、国元より江戸屋敷にいることが多く、そのため出費が嵩んで、藩は毎年のように財政難で苦しんでいた。

金策に走っていた側用人の渡邊助左衛門は、江戸近郊に広大な田畑を持つ富農の娘を、殿さまの側室に迎えるという窮余の一策を取ったのだ。

さらに渡邊助左衛門は、富農として知られるキソ殿の父親に、娘御が産んだ鶴蔵君が諏訪家の継嗣となれば、そこもとは遠からず、大名家の祖父君になれるわけだ、と耳打ちして、ザクザクと金の成る木をそそのかした。

キソ殿の父親は天にも昇る気分になり、そのために必要な資金なら、いくらでも都合しましょうと確約した。

しかし殿さまには、庶出ながら第一子となる軍次郎君がいる。

軍次郎君はすでに十二歳になられ、夭折(ようせい)の憂(うれ)いもなくすこやかに成長されている。

この軍次郎君がいるかぎり、同じ身分の庶出子とはいえ、鶴蔵君に継嗣の順番が回ってくることはないだろう。

渡邊助左衛門はキソ殿の実家に、江戸屋敷で使い込んだ借財の埋め合わせを頼んでいる。

さらに、鶴蔵君が諏訪の藩主になる可能性を匂わせて、多額の斡旋料(あっせんりょう)を受け取っている。

鶴蔵君が継嗣にならなければ、引くに引かれない立場に追い込まれていた。

軍次郎君さえ居なければ、という思いが募って、とうとう軍次郎の暗殺まで企ててしまったわけだ。

もっとも渡邊助左衛門に、軍次郎君を暗殺しようという、明確な意思があったわけではないだろう。

国元で蟄居謹慎している家老諏訪大助が、以前のように絶対的な権勢を握っていたら、渡邊助左衛門がそこまで無理押しする必要はなかったかもしれない。

軍次郎君に毒を盛る件については、国元の諏訪大助にも了承は取ってある。

たとえ殺さないまでも、少しずつ毒を盛ってゆけば、

「体質虚弱につき廃嫡」

ということで、次の継嗣として鶴蔵君にお鉢が回ってくることは間違いない。

そこで京の銘菓、虎屋の練り羊羹に少量の砒素を混ぜて、軍次郎君を徐々に弱らせてゆこう、という隠微な策謀が用いられたわけだ。

「気がついたわたくしがお止めしたので、軍次郎君は羊羹を一口入れただけで吐き出されましたが、それでも三日三晩を苦しんで、ご生母のトメさまは、前後不覚になって失神なさる。奥女中では手に余る。気性がしっかりしていなさる御正室の奥方さまが、寝ずの番で介抱された甲斐もあって、若君はようやく三日目に口を利けるように

なりましたが、奥殿の女中たちは、この世も終わるかと思われるほどの大騒ぎ。このこと、よもや知らぬとは言わせませんぞ」

初島は厳しい口調で問い詰めた。

「知りませんな」

渡邊助左衛門は少しも動じず、口元に皮肉な笑みを浮かべて白を切った。

「そもそも奥殿は御老女の管轄。何か不祥事が生じたら、その責任はすべて御老女が負うべきものではござらぬかな」

蒼白になっていた初島の顔が、それを聞くと怒張して真っ赤になった。

「ならばわたくしの管轄する奥殿に、近藤主馬、上田宇次馬、などという新参者を出入りさせ、奥方がいつも眺めておられるお庭に」

と言いかけて、初島は側用人の背後に控えている、不気味な男に眼を向けると、

「そこなる者の出入りを、許しておられるのは如何なる所存か」

「さあ、それも存じませんな。側用人という役職は意外に多忙でしてな。そのような細かなことに目を配っている暇はござらん。奥殿のことは、御女中たちを支配されている御老女に任されてござる。責任を転嫁されては困りますな」

理非を正そうと、敵地に乗り込んだ初島を、全身全霊で守っている乱菊は、ぬらり

くらりと言い逃れる側用人の、背後に控えている殺し屋、鬼刻斎のようすを観察していた。

雇われ殺し屋の鬼刻斎は、奥殿の御老女初島と側用人の遣り取りには、ほとんど関心がないらしかった。

その代わり、雇い主の命令があれば、躊躇（ちゅうちょ）なく人を殺せる冷酷な男だった。

いや、乱菊が恐れたのは、雇い主の意向に関係なく、気が向いたら人を斬ることを、なんとも思っていないらしい、精神の荒廃（こうはい）ぶりだった。

この男が遣うのは居合の術だろう、と乱菊は判断した。

それは大刀の置き方、腰の構え、腕の位置によって推測出来る。

たぶん勝敗が決するのは一瞬だろう。

剣術を学んでいた逸馬の姉、実香瑠がただの一突きで絶命したのも、護身用の小太刀を抜く暇もないほど、鬼刻斎の剣が早かったからに違いない。

このまま初島との話がこじれて、冷静さを失った渡邊助左衛門が、斬れ、と命じたら、鬼刻斎は素早く剣を取って立ち上がりざま、ただ一歩だけ前に踏み込む。

そのとき鬼刻斎は、初島と正面から向き合った、至近距離にいるはずだ。

一歩だけ踏み出したその瞬間に、鞘を離れた刀身が、毒牙を剝き出した蝮（まむし）のような素早さで、初島の身体を貫いているはずだった。

そのとき乱菊はどう動くべきか。

渡邊助左衛門が、斬れ、と叫ぶ前に身を転じて、初島を守る位置まで瞬間的に移動する。

そうなれば、抜き打ちを掛ける鬼刻斎と、真っ正面から激突することになる。

居合抜きは、斬る相手との間に半歩の距離を取らなければ、一瞬で刀を抜く、という素早い動作が出来なくなる。

居合の術は、抜いた瞬間に敵を倒さなければ、その後はないと言われている。

いわば典型的な瞬間芸なのだ。

鬼刻斎が居合の術を使うのは、骸骨のように痩せた身体では、一瞬で勝負を決めなければ、体力が保（も）たないと自覚しているからだろう。

この男の第一撃をかわせば、そのあとはなんとか切り抜けることが出来るかもしれない。

しかし、奥女中に化けている乱菊は、身に寸鉄も帯びていない。

敵の第一撃をかわしたとしても、攻撃する武器を持たなければ、斬殺（ざんさつ）されるのを待つしかないだろう。

乱菊は初めて危機を感じた。

武器として使えるのは、胸帯に挟んだ扇子しかない。

扇子の骨は黒檀だから、多少は固い材質だが、それで刃物に立ち向かうのは、蟷螂の斧より頼りなく思われる。

冷たい汗が、ツツッと乱菊の背筋に流れた。

屋敷の外には仙太郎が待機しているはずだが、乱菊は側用人の役宅に居て身動きもならず、これでは危険を知らせるよすがもない。

それにしても、初島は勇気ある女性と言うほかはない。

側用人の役宅に乗り込んできた初島は、乱菊が武術に繋がる乱舞の名手で、天然流道場の師範代を勤める剣客であることを知らないはずだ。

側用人の役宅に乱菊を伴ったのも、他に信頼出来る奥女中がいないからで、乱菊の武術を盾に、敵の陣営に乗り込んできたわけではない。

初島さまは、常に捨て身なのだ、と乱菊は思った。

いつでも命を捨てる覚悟が出来ている。

これが初島の強さだが、同時に弱さでもあることを、乱菊は日に日に実感している。

だからお助けしなくては、と乱菊は思って、市之丞が言う、よその家で起こった騒ぎに、嘴を突っ込むようなことをしているのだ。

市之丞さん、あなたが言うことのほうが、正しかったかもしれないわね、と乱菊は思った。

あの男が牙をむいた瞬間、あたしはすでに殺されているのかもしれない。

これで初島さんと同じになった、と思って、乱菊は目前に迫っている死に、どうやって立ち向かって行くべきかを考えていた。

八

「これ、虚無僧どの。先ほどから聞こえてくる、下手糞な尺八の音がうるさくてならぬ。どこか余所へ行って練習してまいれ」

芝金杉の諏訪藩江戸屋敷の門番が、六尺棒を突き鳴らして、仙太郎を追い払おうとした。

「これはしたり。街中で尺八を吹いていたところ、下手糞な尺八の音は耳障りだ、どこか人気のないところで練習してから出直して来い、と追い払われ、人通りのないお屋敷の門前をお借りして、尺八の練習に励んでいるところでござる」

仙太郎は虚無僧笠を被ったまま、わざと不愛想な声で押し通した。

虚無僧をからかうつもりで、横柄に声をかけてきた門番は、いかにも素人臭い対応に気抜けしたのか、

「それにしても下手糞な尺八だな。それじゃあ、てんで見込みはねえぜ。ちょっと貸してみな。尺八はこうして吹くものだ」

仙太郎から尺八を奪い取ると、唇を湿らせながら息を吹きかけた。

「おめえさんの吹き方は、ムキになりすぎるので音が硬い。音色に抑揚をつけて、余韻を残すように吹くには、こうやって首を振りながら、唇をすぼめて息を吹き込むのだ」

この男は明るいうちから門前に立っていたので、よほど退屈していたらしい。

夜になって人目もなくなったので、素人臭い虚無僧でもからかおうと、追い払う振りをして声をかけたが、ほんとうは暇つぶしの話し相手が、欲しかっただけなのかもしれない。

「なるほど、よい音色が出るものですな。とても同じ尺八の音とは思われぬ」

仙太郎の見え透いたおだてに、門番は手もなく乗って、

「尺八は、首振り三年、音八年と言ってな、よい音色が出せるまでには年季が掛かる。

おめえさんの尺八では、一人前に稼げるようになるのに、あと十年は掛かるぜ。いわゆる十年早いというやつさ。とても物にならねえから、こんな商売はやめたほうがいい」

この男は渡り中間の類か、と仙太郎は当たりをつけた。

渡り者なら、世慣れしたすれっからしで、主家に対する忠誠心などないだろう、ちょっと鎌をかければ物知り顔に、あることないこと、ペラペラと喋り出すに違いない。

「十年も飲まず食わずでいるわけにはゆかぬ。おぬしは顔が広そうだ。どこかによい働き口があったら教えてもらえぬか」

男はすぐに乗ってきた。

「ねえことはねえが、只で教えるわけにはいかねえぜ」

「分かっておる。報酬の十分の一ではどうか」

「なめてるんじゃねえだろうな。安く見られるんじゃあ、この話はお断りだ」

「拙者は相場が分からぬのだ。どれほど払えばよいのかな」

「まあ、半分が相場だが、おめえさんなら大負けして、三分の一で手を打ってもいいぜ」

「それは有難い。どのような仕事であろうか」

「おめえさん、これは出来るか」

男は六尺棒を振り被って、仙太郎に打ちかかる真似をした。

仙太郎は動かなかった。

「あまり出来るほうではないが、口があるのかな」

男は失笑した。

「まあ、そうだろうな。六尺棒を避ける動作も取れなかった。あまり役には立ちそうもねえな」

「心当たりでもあるのか」

「ねえことはねえが。おめえさん、そんなに動きが鈍くては、真っ先に斬られてしまうかもしれねえぜ。命あっての物種だ。やめときな」

「いや、拙者といえども元は武士。身の安全を考えていては、今日の米も稼ぐことは出来ぬ。そんな口があるなら教えてはもらえぬか」

「真っ先に斬られても、恨みっこなしだぜ。しかし動きの鈍いおめえさんでは、あまり高くは売れねえな。今夜の報酬は高く見積もっても一分がいいところか。その三分の一では、あぶねえ橋を渡るおれのひとり損だ」

男は胸算用を始めたようだった。

「どのような仕事か、教えてはもらえぬか」

「たった一晩のお勤めだ。それで命を落としたら、あまり割のいい仕事とは言えねえぜ」

この男、この屋敷に何かの動きがあることを知って、儲け口を捜しているのかもしれぬ、と仙太郎は思った。

「これはたったいま知った極秘の動きだ。これを話すだけでも、さっき約束した一分の三分の一はいただくぜ」

「よかろう。背に腹は代えられぬ。稼ぎになることなら、なんであろうとも引き受けねばならぬのが武士の習い。教えてくれ」

「おっと、これは前払いだぜ。話を聞いたとたんに怖くなって、そのまま逃げられたんじゃこちらは大損。特別に二朱でいいから先に渡しな」

それでは一分の半額ではないか、勝手に値上げをしながら、恩着せがましい言い方をして、と突っ込みたいところだが、ここで臍を曲げられては元も子もないと思って、仙太郎は財布の紐を解いて手探りで二朱銀を取り出し、

「これは気のつかぬことであった」

男の手に握らせると、相手は急に愛想よく笑って、

「この話は絶対に他に洩らさねえ、と約束してくだせえ」

と言ったときの笑顔は、愛想どころか、途轍もない悪相に見えた。

渡り中間の権助（渡り者は誰もがこの名で呼ばれていた）の話では、今夜は安芸守（六代目諏訪藩主忠厚）さまの正室（福山十万石阿部正福の息女）が離縁され、この屋敷から立ち退かれるという。

正室が離縁されるだけでも大変な話だが、いきなりの立ち退きに、奥殿では上を下への大騒動になった。

十万石の姫君が離縁されるには、よほどの事情があるのだろうが、どうやら福山から姫君に付いてきた初島という御老女が、何かで堪忍袋の緒が切れて、いきなりの退出を決意したらしい。

とにかく十万石のお姫様が出ていくとなれば、人も物も奥殿の半分はなくなってしまうのだから、お道具の荷づくりも奥女中の始末も、思うようにはかどらないらしい。

御老女の初島は、白絹の鉢巻をキリリと締めて、陣頭を指揮する女将軍のように勇ましかったが、その傍らに連れ添う奥女中は水際立った女ぶりで、荒っぽい人足たちの扱いも手慣れたもの、まさかと思われた引っ越しの荷物も、夕刻までには手際よく纏めることが出来たのだという。

乱菊さんだ、と仙太郎は思った。

いつのまにか乱菊は、御老女の片腕を務めるほどに、諏訪藩江戸屋敷の奥勤めと、深い関わりを持ってしまっていたようだった。

「そんな慌ただしい立ち退き騒ぎの中で、あっしは怪しからねえ話を立ち聞きしてしまったんですがね」

渡り中間の権助が耳にしたのは、物陰に隠れるようにして、引っ越し騒ぎを見ていた立派な身なりの男が、傍に控える骸骨のような悪相の男に向かって、

「あの女、何かと邪魔になる。福山殿の行列が屋敷を離れたら、闇にまぎれてあの女を斬り捨てよ」

と命じた妙に生々しい言葉だった。

如何に離縁されたとはいえ、これまで仕えてきた正室の側近を、屋敷を出たところで斬り捨てようとは、どんな恨みがあるのだろうか。

骸骨のような殺し屋に狙われているのは、正室を補佐してきた初島ではなく、奥女中に化けた乱菊さんなのだ、と思って仙太郎は戦慄した。

奥女中に化けて諏訪藩江戸屋敷に潜入し、藩の機密を調べていたことが、バレてしまったのだろうか。

甲賀忍びだった市之丞の繋ぎで分かったことだが、投げ込み寺の門前で実香瑠を斬った犯人と、諏訪藩江戸屋敷に常駐する渡邊助左衛門が雇っている骸骨男が同じ男で、鬼刻斎と名乗る殺し屋であることは、乱菊が危険を冒して調べ上げている。

鬼刻斎が得意とするのは居合抜きで、最初の一撃を回避出来れば、あとはなんとかなりそうだ、という乱菊の見方も伝えられている。

しかし薄氷を踏む思いだった、という乱菊のおののきも、市之丞の口を通して知ることが出来た。

あの乱菊さんが、死を覚悟したという相手は、いつも死と生の境界にいて、どちらにも自由自在に出入りしているような、不気味な存在なのだという。

「御正室がお屋敷を出られる刻限はお分かりか」

仙太郎は逸る気持ちを抑えて権助に訊いた。

「たしか、五つ刻（午後八時ころ）と聞いておりやすが」

暮れ六つ（午後六時ころ）の鐘を聞いたのは半刻（一時間）ほど前だ、まだ間に合う、と仙太郎は素早く計算した。

「その仕事、たしかに引き受けた。拙者は小用を思い出したので、すぐに済ませてくるが、正室が御退出する五つ刻には、必ずお屋敷の門前でお待ちする、と申し上げてくれ。とくに陣頭指揮を執っていたという奥女中には、拙者が必ずお守りする、と伝えて欲しい。何があっても心配するな。これだけは忘れずに念を押してもらおうか」

これまでと豹変した虚無僧の態度に、動きの鈍い奴、と小馬鹿にしていた権助は驚いたらしい。

「おいおい。大きな口を叩いて大丈夫かい。このままドロンを決め込むつもりじゃねえだろうな。引っ越し騒ぎのときは、奥殿への出入りも自由自在て、なんの咎めもなかったが、荷づくりが終わって一休みしているいまは、正室様にお目通りはおろか、奥殿に入るのも命がけですぜ。そうまでして話をつけても、おめえさんにドロンされたら、あっしの顔は丸潰れですぜ。それどころか、不埒者と一喝されて、お手打ちになるかもしれねえあぶねえ仕事だ」

権助がしきりにゴネ出したので、仙太郎はまた財布の紐を解いて、つかみだした二朱銀を握らせた。

「これで併せて一分だ。まあ今夜の報酬は丸損だが、この仕事が先に繋がると思えば、いまの損得だけで考えることはあるまい。奥女中への伝言、忘れずに頼むぞ」

現金なもので、渡り中間の権助は、へいへいと二つ返事で足取りも軽く、夕闇が濃くなって、森のように鬱蒼としてきた屋敷の奥に消えた。

仙太郎は尺八を吹くのも忘れて、濃い闇の向こうに蕎麦屋台の提灯を捜し出し、足音も立てずに走り寄った。

幸いにも、町方同心の杉崎が手配した、夜鳴き蕎麦の屋台だった。

夜が冷えてきたので、冷えた身体を温める、熱い夜鳴き蕎麦には人気があって、蕎麦屋の親爺は忙しそうに働いていた。

「商売繁盛しているところを申し訳ないが、杉崎どのを通して、大至急伝えてもらいたいことがある」

「なんのことでしょうか」

蕎麦屋は客の前なので空とぼけた顔をしているが、仙太郎が至急と言えば、女殺しの下手人の始末に決まっている。

蕎麦屋の親爺は、めずらしく詰めかけた客たちに、精一杯の愛想笑いを浮かべて、

「ちょっと急用で席を外しますが、お代は蕎麦の丼に投げ込んで、そのままお帰りになってくだせえ。おあしが無ければこの次で結構です。屋台は後で取りに戻りますから、そのままに打っちゃって置いてくだせえ」

仙太郎の後を追おうとして、ふと思いついたように、蕎麦の屋台をふり返ると、

「まだ蕎麦と天婦羅が残っていますから、腹の減っている方は、好きなだけお代わりして結構です。お代はいただきません。何杯食べようと一杯分だけ置いて行ってくだせえ」

わっと歓声が上がって、気前のいい蕎麦屋さんだ、この次もきっと来るぜ、と言う声を後に、蕎麦屋は滑るような足取りで仙太郎を追った。

「いよいよ大詰めだ」

仙太郎は言った。

「長かったですな」

いつも愛想のよい蕎麦屋の親爺が、捕り方の素顔に戻って緊張している。

「それぞれにな」

夜の冷え込みで強張った筋を伸ばしながら、仙太郎は蕎麦屋の親爺を労わるように言った。

仙太郎が仮眠をとるときも、霧や雨に暮れる暗い夜も、この男は休むことなく、捕り方たちの目安となる提灯の火を、闇の中に絶やさなかった。

「投げ込み寺の女殺しが、今夜初めて藩邸を出るらしい。奥女中に化けた乱菊さんを殺すのが目的だ。あの男は狙った得物は逃がさない。福山殿の行列は、五つ刻にはお屋敷を出るという。わたしは乱菊さんを守る。町方同心の杉崎どのには、殺し屋を捕らえる唯一の好機だと伝えてくれ。天然流道場には、酒楽斎先生、市之丞師範代がいるはずだ。乱菊さんを狙っているのは居合の達人で、上村逸馬の姉を殺した鬼刻斎という男だ。いつもと違って乱菊さんは、正室福山殿の引っ越し騒ぎで疲労困憊している。鬼刻斎の抜き打ちを躱せないかもしれない」

　そうなる前に、鬼刻斎を倒さなければならない。

　しかし仙太郎はその男と遭ったことがない。

「伝えます。人から人へと伝える網の目と、わたし自身の脚を使って」

　声だけを残して、蕎麦屋の姿は闇の中へ消えた。

　蕎麦屋の他にも、闇の中に動く人の影があった。

　市之丞が教え込んだ甲賀忍びの陣で、闇を逆手に取った動きが巧みになっている。

　小半時（三十分）もしないうちに、捕り方たちの包囲網は縮まるだろう。

九

　内藤新宿の天然流道場には、町方同心の杉崎が知らせに来た。

「津金どのから、連絡が入りました。いよいよ大詰めのようです」

道場の中は暗かったが、まだ残っている門弟もいて、杉崎の声を聞いた者の数は五名を下らない。

「大詰めって何がですか」

女弟子の結花が問い返した。

「師範代の乱菊先生が、戻ってくるかもしれない、ということだ」

市之丞が咄嗟に答えた。

「まあ、嬉しい。あたし、乱菊先生が戻られるまで待っています。それとも、お迎えに行ったほうが早いかしら」

結花は無邪気に喜んでいるが、これまでの成り行きから見て、乱菊が無事に戻れるという保証はどこにもない。

「何を言うか。そなたの帰りが遅くなって、深夜に送ってゆくのは、もう勘弁してくれ。父上と母上の前で、しどろもどろの言い訳をして、平謝りするのは懲り懲りだ。もう暮れ六つの鐘が鳴ってから半刻が過ぎている。早く帰ってご両親を安心させてやりなさい」

言いながらも市之丞は素早く身支度を整えていた。

「わしも行こう」

鎖帷子を着込んだ洒楽斎が、備前長船を腰に差して皮足袋を履き、完璧な戦闘準備を整えて道場に姿を現した。

「さすがに先生のお姿は立派です。まるで武者絵に描かれた岩見重太郎のようですね」

茶化したような言い方に聞こえるが、この門弟は本気で褒めているつもりらしい。

「わたしたちも連れて行ってください」

道場に残っていた門弟たちが、洒楽斎に摺り寄って請願したが、

「おまえたちは、ご両親からお預かりしている大事な弟子だ。危険なところに連れてゆくわけにはいかぬ。もう夜も更けておる。早く家に帰って寝るがよい」

すると口々に反発する声が返ってきた。

「まだ宵の口です」

「こんな早くから寝ている者なんていませんよ」

「先生たちは、口を開くと実践が大事というくせに、実践の場に行くことを禁止するのは何故ですか」

洒楽斎が窮地に立たされたのを見て、杉崎は笑いながらも逃げ腰になり、

「それでは、わたしも、早急に手配しなければならないことがありますので」

言葉尻を濁してあたふたと出て行った。

「それでは参ろうか。乱菊の身が気になる」

酒楽斎が取りすがる弟子たちを振り切って外に出ると、

「うえぇーん」

と言って泣き出す声が聞こえてきた。

結花のようだった。

「やぁーい。先生に捨てられて泣いているぜ」

悪ガキどもがそれを見て囃し立てているらしい。

「あの娘は両親とうまく行っていないようですな」

小走りに足を運びながら、市之丞が言った。

「先日も遅くなったので家まで送ってゆくと、母親は居らず、父親は機嫌悪く、結花は家の中に入るに入れず、わたしの袖をしっかりと握りしめて、居て欲しそうにもじもじしていましたよ。可愛そうだと思いながら、わたしも芝金杉に行かねばならず、無理やり置いてきましたが、あとあとまでも心が痛む情景でした」

結花が遅くまで道場に残っているのは、家に帰りたくないからなのか。

「そうか。結花が乱菊を慕っているのは、母親代わりということか」

　洒楽斎がふと洩らした声に、市之丞は過敏に反応した。

「ちょっと、それはないですよ。まだまだ若い乱菊さんは、結花から見れば母親というより、姉さんのようなものでしょう。さしずめわたしは父親代わり、先生はおじいさん代わりに、慕われていることになりますね」

　市之丞は嫌味たっぷりに洒楽斎をからかったが、仙太郎が知らせてきた乱菊の窮地は、かなり差し迫ったものであるらしい。

　間に合うだろうか、と洒楽斎はさらに足を速めた。

　鎖帷子がギシギシと鳴り、心臓は万力(まんりき)で締められたように苦しくなり、噴き出す汗が全身を流れて、息が詰まって呼吸も乱れたが、そんなことは少しも気にならなかった。

　乱菊の無事が、何よりも大事なことだ、と洒楽斎は思っている。

　町方同心の杉崎から、殺された女の身元調べと、殺し屋の正体を探るため、諏訪藩江戸屋敷に潜入してもらえないかと頼まれたとき、市之丞があれほど反対したのに、乱菊にしてみればそれが自然、と分かったようなことを言って容認し、ささやかな送別会まで開いて送り出したことを、後になってどれほど悔やんだか分からない。

ひとの心は理屈通りには動かない、と知らなかったわけではないが、洒楽斎の気持ちと天然流の論理とは、いまや大きく乖離（かいり）しているように思われてならない。

乱菊の安否を確かめるため、江戸の町を横切るようにして、重い鎖帷子を着込んで、汗みずくになって走り回るのも、洒楽斎にとっては自己処罰のようなものだった。

その思いは市之丞もさして変わらない。

乱菊が奥女中に化けて、大名屋敷に潜入するということに、市之丞は初めから反対してきたし、よその家の事情に嘴（くちばし）を突っ込んでも、碌（ろく）な結果は生まれない、と口が酸（す）っぱくなるほど言ってきたつもりだが、結果として乱菊の暴挙（ぼうきょ）に一番協力しているのは市之丞だった。

だから乱菊さんは安心して、所期（しょき）の目的を果たした後も、いつまでも諏訪藩江戸屋敷に残り続け、とうとう血も涙もない殺し屋の、標的にまでなってしまったのだ。

間に合うだろうか、と市之丞は焦った。

仙太郎が知らせてくれた情報では、諏訪安芸守の正妻が、子無きがゆえに離縁されて屋敷を離れるのは、五つ刻の予定だという。

それではあと小半時もない。

傍らで走る洒楽斎を見ると、全身が汗みずくで息が上がっている。

これ以上急がせるのは無理だ、と判断して市之丞は言った。

「乱菊さんが屋敷を出るまでには、まだ小半時もあります。ここはあっしが先にひとっ走りして、ようすをうかがってめえります。先生はこのあたりで息を入れて、後からゆっくりと来てくだせえ。あまり急いで駆け付けても、向こうで待つのは業腹でしょう。肝心な先生が疲れていては、救えるはずの乱菊さんを、救い出せなくなりますよ。殺し屋は居合の達人らしいから、こちらも心を澄まして向き合うことが必要です。ゆったりとした気持ちで臨みましょう」

どちらが弟子か先生か、分からないような言い草を残して、市之丞は脱兎のような勢いで、闇の中に消えていった。

十

諏訪安芸守の正室は、諏訪氏の紋所（梶の葉紋）を剝ぎ取られた朱塗りの乗り物（大名の夫人が乗る女駕籠）に乗って、芝金杉の諏訪藩江戸屋敷を出た。

続く女駕籠には老女の初島が乗っているが、塗り駕籠はその二挺だけで、あとは衣装を納めた長持と、お道具を積んだ荷車ばかりの、大名の奥方らしからぬ寂しい行列だった。

護衛する武士がいないのはおかしな話だが、側用人の渡邊助左衛門の申し出を老女の初島が断り、福山藩で派遣するという護衛を、御正室の福山殿が、わたくしは阿部家を出た女ですから、と断ったので、わずかな家財道具を運ぶ人足たちの他は、福山殿付きの腰元たちが徒歩で従っているだけの、頼りない女行列だった。

ほとんどの女たちが、打ちひしがれたようすで歩いている中に、やはり徒歩ではあるが、てきぱきと指示して人足たちを纏め、悄然（しょうぜん）とした女たちを励ましている女が目についた。

乱菊さんだ、と思って市之丞があたりに目を配ると、寂しい行列を守るようにして、見え隠れに付いてくる白装束の男が目に付いた。

あれは塾頭だ、と思って市之丞はすこし安心した。

仙太郎が護衛していれば、十数人の藩士たちが守っているよりも確実だった。

それにしても今夜に限って、虚無僧になど化けたのは拙（まず）かったな、と市之丞は臍（ほぞ）を嚙むような思いをした。

仙太郎としては姿を隠しているつもりでも、虚無僧の白装束は夜目（よめ）にも目立った。

だから素人は困る、まさか下手な尺八などを吹くことはあるまいな、と思っていると、仙太郎は手にしていた尺八を唇に当て、いきなり訳のわからない曲を吹き出した。

行列の女たちの目が一斉に虚無僧へ向かった。

追手でも掛かったのかと、初島が乗り物を止めてようすを窺うと、

「遅いぜ、今ごろ来やがって。てっきり逃げやがったかと思って、あっしもこの行列にまぎれ込んで逃げ出そうとしていたところだぜ。おめえのお陰でまた勤めをしくじって、明日からどうやって食いつなごうかと、余計な心配をさせやがって」

荷車を押していた中間ふうの男が、不平不満、文句たらたら言い立てながら、虚無僧のところに駆け寄ろうとした。

すると権助より一足早く、白装束の男に駆け寄った奥女中がいて、

「仙太郎さん。やっぱり来てくれたのね。連絡が取れないので、どうしようかと思っていたけど、あなたが来てくれることは分かっていたわ。なにしろあたしは小さいころから、先読みのお菊と呼ばれて気味悪がられていた女ですから」

妙に親し気に話し始めたので、権助は目を白黒させて驚いていたが、いきなり乱菊に向かって、

「ほら、あっしの言うとおり、助っ人は来てくれたでがんしょ。約束は果たしたのだから、手当の方もたっぷりと弾んでもらわなきゃ、困りやすぜ」

脅し半分、胡麻擂り半分、嫌味半分、自慢半分に、手を擂り足を擂って手当を弾ませようとする権助を、仙太郎はあきれ返って見ていたが、

「助っ人はここにもうひとりおりますぜ。いや、追っ付けわれらの大将が駆け付けるから、少なくともあとふたりは、お味方と思っていただきたい」

市之丞が途中から言葉を改めたのは、女駕籠から下りた御老女の初島が、気位高く顔を上げて、静々と近づいてくるのを見たからだった。

「このように落ちぶれてしまったわれらに、御助力くださるとは有難い。乱菊にゆかりのある人々とお見受けしましたが、わたくしのような偏屈な女に、お味方される方がおりましょうとは、ついさっきまでは、考えてもみないことでした」

「なあに、義を見てせざるは勇なきなり、と孔子さまも言っておられる。わたしたちはそこの権助のように、報酬を目当てにしているわけではありません。そこなる乱菊さんは、われらの大切な仲間です。仲間の苦境を助けるのは義です。われらに他意はございません」

すると欠伸を嚙み殺していた仙太郎が、

「長談義は失敗のもとです。われらに襲い掛かる苦難はこれからでしょう。いまからは、十万石の姫君にふさわしい、堂々たる隊伍を組んで、今夜の宿所まで参りましょ

う」

　それを聞いた初島は、これまで硬く閉ざされていた表情を和らげて、

「そなたのお仲間は、いずれも義と勇を具えた、頼りがいのあるお人ばかりじゃ」

　乱菊に向かって深々とお辞儀をした。

「羨ましい」

　と呟いた初島の頰は、薄らとした涙で濡れているように見えた。

「乱菊は無事か。なんとか間に合ったようだな」

　と息を弾ませ、汗にまみれて、全身を熾のように火照らせながら、息も絶え絶えになって駆け付けてきたのは、酔狂道人と称する洒楽斎だった。

「これでわれらの仲間がそろいました。もう何があっても恐れることはありません」

　猿川市之丞は兄貴風を吹かして大見得を切ったが、もともと旅芸人のことだから、と仲間内で非難する者は誰もいない。

　これまで打ち沈んでいた行列が、にわかに活気づいたのは、江戸一番の色男と自称していた市之丞が、歌舞伎役者のような見得を切ったからで、悄然としていた女たちが陶然として市之丞を見た。

　薄墨色の闇は、最近は容色衰えて、と嘆いていた市之丞の小皺を隠し、キリリと引

き締まった中高顔（なかだか）が夜気に映（は）えて、貴公子のような気品ある雰囲気を醸し出しているからだった。

そしてよく見れば、虚無僧笠を脱いだ白装束の男も、すっきりした男前で、遅れて駆け付けた四十（ほんとうは五十）がらみの男も、年輪を重ねた男の見事さを感じさせる、渋味のある風情を持っている。

現金なもので、ついさっきまでは打ち沈んでいた女たちが、にわかに元気づいて、背筋を伸ばした品位ある姿勢を取り戻した。

一番喜んだのは気位の高い初島で、

「これでこそ福山藩十万石の御息女にふさわしい供揃え」

と大いに感嘆して女駕籠を乗り捨て、乱菊と並んで行列の中央を歩き出した。

御老女が徒歩でお供する姿を見て、女たちに一瞬だけ緊張が走ったが、やがて和やかな笑顔が戻って、これまで煙たがっていた初島を、好意的な目で見るようになっていた。

「気をつけろよ。この辺で殺し屋が現れるぞ」

歩きながらあたりを窺っていた洒楽斎が、先頭を歩いている市之丞に注意を促した。

暗闇坂に出た。

霧も深い。

夜は湿っていた。

真っ黒に見える木立はすでに紅葉を振り捨てていたが、複雑に張り巡られた枝は、ところどころが白骨のように光って、夜の闇をさらに不気味な光景に変えていた。

「そろそろですね」

仙太郎が言い終わらないうちに、前方の隊列が乱れた。

女たちの悲鳴が、切れ切れに聞こえたが、数人の男たちが道を塞いでいるだけで、危害をを加えてくるようすはなかった。

「後ろだ」

と洒楽斎が叫ぶと、これも数人の男たちが道を塞ぎ、前後を挟まれた夜の行列は、暗闇坂の真ん中から動けなくなった。

「何者か」

と洒楽斎が一喝（いっかつ）した。

「この乗り物を、阿部侯の御息女と知っての狼藉（ろうぜき）か」

しかし行列の前後に立ちはだかった男たちは、不気味な沈黙を押し通している。

「行きましょう」

と仙太郎が言った。

「この者たちは何もする気はないようです。あちらが黙って立っているなら、こちらも黙って通り抜けましょう。たぶん手出しはしないはずです」

仙太郎は先頭に出て市之丞と並んだ。

「さあみなさん。わたしたちの間を通り抜けてください。大丈夫です。たぶん黙って通らせてもらえるでしょう。もし襲い掛かってくる奴がいたら、わたしが容赦なく斬り捨てます。わたしもこの人たちに、快く通してもらえると思っていますよ」

道の中央に仙太郎と市之丞が並んで、人ひとりが辛うじて通れるほどの隙間を作った。

「さあ、この間を抜けて通り過ぎてください。この人たちは何もしませんよ。怖がらずに棒杭だと思って通り抜けてください」

しかし女たちは誰も動かなかった。

黒くて太い棒杭のような男たちが、何もせずにただ黙って立っているのが却って不気味で、何かの罠ではないかという疑いは、一度兆したからには消しようがなかった。

「ええぇい、意気地がない」

行列の前列に出てきた初島が、痺れを切らしたように一歩前に出た。

「ならばわたくしが、みごと通って見せましょう」

初島が仙太郎と市之丞が押し開いた通路を、まさに渡ろうとしたそのとき、

「御老女さまがなさるべきことではありません。わたくしが代わって道を開けましょう」

やんわりと初島を押し分けるようにして、乱菊がすばやく正面に躍り出た。

「あなたの言うことを信じているわ」

仙太郎の顔を見てにっこり微笑むと、乱菊はなんの警戒心も持たないかのように、仙太郎と市之丞が押し開いた狭い道を、いかにもさり気なく通り過ぎた。

何ごともなかった、と思われたその瞬間、

「きえぇーい」

裂帛（れっぱく）の気合とともに、夜目にも鋭く光る刀身が、乱菊の胸をめがけて襲い掛かった。

狙いは違（たが）わずに乱菊の胸を貫き、物凄い勢いで背後に突き飛ばした。

「しまったっ」

と叫んだ仙太郎の剣が、すかさず黒い影を切り裂いたが、暗殺者は後方に飛び退いて、仙太郎の太刀風を躱した。

そのとき、

と叫んで、前方から駆け付けて来たもうひとつの影があった。

「先生ー」

甲州訛りで仙太郎を、先生と呼ぶ若者はひとりしかいない。

「逸馬か。その男を逃すな。鬼刻斎と名乗るその男は、おぬしの姉上実香瑠どのを斬った殺し屋だ。先日おぬしに伝授した、夕日剣を遣えば負けることはない。もうじき捕り方たちを引き連れた町方同心、杉崎どのが駆け付けてくるはずだ。そうなればもう、その男を斬ることは出来なくなるぞ。姉上の敵を討つ機会はいましかない」

仙太郎はさらに叫んだ。

「その奴は死と生の狭間にいて、この世とは縁のない男かもしれない、と乱菊さんは喝破していた。骸骨のようなその男は、生きているかぎり何の迷いもなく人を殺す。恨みもなければ憎しみもない相手でも、恩を受けたり世話になった相手でも、人を殺すことに迷いはない残忍な男だ」

鋭い刃と刃が激しく嚙みあう凄まじい音が、耳朶を切り裂くように伝わってくる。

逸馬はすでに鬼刻斎と斬り結んでいた。

「逃がすなよ。その奴は人の世を蝕む災いだ。いま取り逃がしたら、災いは明日に及ぶ。乱菊さんの思いを無駄にするな」

倒れた乱菊は身動ぎもしない。

鬼刻斎に襲われたとき、突き出された激剣の勢いで、後方に三尺ほど吹っ飛び、もんどり打って仰向けに倒れたまま、息絶えたように動かない。

駆け付けた初島は、乱菊の上半身を抱き起こして膝に抱いた。

奥女中が左右から乱菊の胸に取りすがって、滝のような涙を流しながら、人目もはばからず、思うさま声を放って泣いている。

酒楽斎は茫然と立ち尽くし、闇に閉ざされた天を仰いだ。

行列の前に立ちはだかっていた男たちは、いつの間にか闇の底に消えていた。

逸馬と斬り結んでいる鬼刻斎を見捨てて、早々に姿を隠したようだった。

朱塗りの乗り物から下りた福山殿は、水晶の数珠を手に瞑目して、初島の身代わりになった乱菊の、冥福を祈っているようだった。

前方に広がる闇の中から、ひと際高い絶叫が聞こえてきた。

あの男が絶叫などするはずはない、と市之丞は思っていた。

絶叫とは、死にゆく者がこの世への未練を告げる声なのだ、だからこの世にもあの世にも未練を持たないあの男は、斬っても斬られても叫ぶことなく、あの世とこの世との境を、平然として越えてゆくのだと思っていた。

しかしどうやらそうではなかったようだ、人の命は無造作に奪っても、おのれの命には未練が残るものなのだろうか。

にわかに大勢の足音が響いて、捕り方たちを指揮する町方同心の甲高い声が、途絶え途絶えに聞こえてきた。

「殺し屋の鬼刻斎は手に余ったので斬り捨てたのだ。たとえ捕らえて拷問にかけても、せせら笑っているような不気味な男だが、殺してしまったのは拙かったな。証拠もなく罪を問うことは奉行所には出来ぬ。斬らなければ斬られていたと。これもよく使われる殺しの口実だが、斬られたのが殺し屋の鬼刻斎で、斬ったのが天然流道場の上村逸馬どのなら、面倒な詮議には及ぶまい。鬼刻斎は投げ込み寺女殺しの下手人として、捕縛に向かったが、さらに殺しを重ねようとしたので、手に余って斬り捨てた、とでも報告しておこう。逸馬どのには何の落ち度もない」

捕り方たちの足音はさらに近づいて、騒然として洒楽斎たちを取り巻いた。

「鬼刻斎は今日も奥女中を殺した、という訴えがあったが」

町方同心は朱塗りの乗り物を見て絶句した。

「かかる高貴な女性が、殺し屋に襲われるとは奇怪な。いずれの御家中の奥方さまであられるか」

にわかにへりくだった町方同心に向かって、水晶の数珠を押し揉んで念仏を唱えていた福山殿が、毅然（きぜん）とした顔を起こして言った。

「いまはどこの何者でもありません。たったいま、さる家中から出てきた者です」

あれなるは諏訪安芸守さまの御内室ぞ、無礼があってはならぬ、と杉崎同心が捕り手たちを鎮めた。

すると、息絶えたと思われた乱菊が、薄っすらと眼を開いた。

「乱菊さんは生きているぞ」

市之丞が歓喜の声を上げた。

「これぞ乱舞の技。乱菊は手練の殺し屋に襲われることを予見して、厚い銅鏡を胸元に入れていたのだ。実香瑠が一撃で心臓を刺されたので、鬼刻斎が抜き打ちで心臓を貫くだろうと予測しての用意であろう。あの男の鋭鋒（えいほう）を躱すのは不可能と知って、敵の動きを先読みしたのだ。しかし鬼刻斎の突きは思っていた以上に厳しく、銅鏡で凶刃の切っ先を受け止めたものの、その衝撃で乱菊は後方に吹っ飛んで失神した。咄嗟に銅鏡を突かせた体捌きは、これぞ乱舞の技と褒めるべきであろう」

酒楽斎は屈み込んで乱菊の脈を診た。

「大丈夫だ。心配は要らぬ」

酒楽斎は嬉しそうに呟いた。

「ああ、先生。鬼刻斎はどうなりましたか」

意識を取り戻した乱菊が、心配そうに覗き込んでいる酒楽斎に訊いた。

「あの殺し屋は逸馬が討ち取った」

「まあ、よくぞあの恐ろしい男を。それでは逸馬どのは、仙太郎さんから伝えられた夕日剣を、みごとに体得されていたのですね」

「それはまだ分からぬ。乱菊が鬼刻斎の鋭鋒を受けて吹き飛んだ直後に、仙太郎の剣が閃いて、あの男に致命傷を与えている。逸馬が鬼刻斎を討ち取ったのは偶然ではない。仙太郎と逸馬という師弟の呼吸が、みごとに一致したと褒めるべきであろう」

酒楽斎の説明に、乱菊を取り囲んでいた、福山どの、初島、市之丞、仙太郎が、納得したように頷き合った。

深々として更けゆく夜は、さらに寒さを増すばかりだったが、ここに集まっている人々の胸には、いかなる寒風にもめげない、暖かい思いが通い合っていた。

二見時代小説文庫

天然流指南1 竜神の髭

二〇二一年 一 月 二十 日 初版発行

著者 大久保智弘

発行所 株式会社 二見書房
〒一〇一-八四〇五
東京都千代田区神田三崎町二-一八-一一
電話 〇三-三五一五-二三一一［営業］
〇三-三五一五-二三一三［編集］
振替 〇〇一七〇-四-二六三九

印刷 株式会社 堀内印刷所
製本 株式会社 村上製本所

 ISBN978-4-576-21210-4
https://www.futami.co.jp/

早見俊

椿平九郎 留守居秘録

シリーズ

以下続刊

① 椿平九郎 留守居秘録 逆転！評定所
② 成敗！黄金（きん）の大黒
③ 陰謀！無礼討ち
④ 疑惑！仇討ち本懐

出羽横手藩十万石の大内山城守盛義は、江戸藩邸から野駆けに出た向島の百姓家できりたんぽ鍋を味わっていた。鍋を作っているのは、馬廻りの一人、椿平九郎義正、二十七歳。そこへ、浅草の見世物小屋に運ばれる途中の虎が逃げ出し、飛び込んできた。平九郎は獰猛な虎に秘剣朧月（おぼろづき）をもって立ち向かい、さらに十人程の野盗らが襲ってくるのを撃退。これが家老の耳に入り……。

藤木 桂

本丸 目付部屋 シリーズ

以下続刊

①本丸 目付部屋 権威に媚びぬ十人
②江戸城炎上
③老中の矜持（きょうじ）
④遠国（おんごく）御用
⑤建白書
⑥新任目付
⑦武家の相続
⑧幕臣の監察
⑨千石の誇り
⑩功罪の籤（くじ）

大名の行列と旗本の一行がお城近くで鉢合わせ、旗本方の中間（ちゅうげん）がけがをしたのだが、手早い目付の差配で、事件は一件落着かと思われた。ところが、目付の出しゃばりととらえた大目付の、まだ年若い大名に対する逆恨みの仕打ちに目付筆頭の妹尾十左衛門は異を唱える。さらに大目付のいかがわしい秘密が見えてきて……。正義を貫く目付十人の清々（すがすが）しい活躍！